十二岁的天空

[美] 艾琳·恩特拉德·凯利 著
吴华 译

中信出版集团 | 北京

图书在版编目（CIP）数据

十二岁的天空 /（美）艾琳·恩特拉德·凯利著；吴华译. -- 北京：中信出版社, 2022.8（2024.4 重印）
书名原文: We dream of space
ISBN 978-7-5217-4443-9

Ⅰ. ①十… Ⅱ. ①艾… ②吴… Ⅲ. ①儿童小说—中篇小说—美国—现代 Ⅳ. ①I712.84

中国版本图书馆CIP数据核字（2022）第093803号

十二岁的天空

著　　者：[美] 艾琳·恩特拉德·凯利
译　　者：吴华
出版发行：中信出版集团股份有限公司
（北京市朝阳区东三环北路 27 号嘉铭中心　邮编　100020）
承 印 者：嘉业印刷（天津）有限公司

开　　本：889mm × 1194mm　1/32　　印　　张：9.75　　字　　数：244 千字
版　　次：2022 年 8 月第 1 版　　印　　次：2024 年 4 月第 5 次印刷
京权图字：01-2022-1954
书　　号：ISBN 978-7-5217-4443-9
定　　价：38.00 元

服务热线：400-600-8099
投稿邮箱：author@citicpub.com

本书收到的赞誉

一部富有内在冲突感的少年成长小说，作者精准、细腻地把握了 12 岁少年的成长烦恼，集中呈现于一个充满裂痕的家庭、一个相当躁动的学校。作者没有试图美化生活，让那些孩子的成长环境保持着相当真实的质感，成人的种种短处与无奈也纤毫毕现。挑战者号航天飞机爆炸事件颇为奇妙地影响了这群孩子，种种意外的触动、自省和角色转换将故事推向高潮，呈现出朴实和迷人的图景。仰望苍穹，触摸未来，触摸心灵……

——***阿甲***

资深儿童阅读推广人，红泥巴读书俱乐部创始人

著名图画书作者、译者、研究者

故事的背景是真实的历史事件——1986 年 1 月 28 日挑战者号航天飞机升空后解体。为了营造真实感，作者描绘了大量的时代细节——老影片、老游戏、老机器、老明星……如果你能穿越这些已经被流年弄黄了的符号迷宫，你将会发现同一片“十二岁的天空”。那里并不堆满送给成功者的鲜花，而是散落着失意者的迷惘，那里也并不充填着生活的甘甜，而是闪现着痛苦的火光。但不管怎样，即使你是细沙一粒，那片天空，乃至天空之上的浩瀚宇宙，也依然在等候着你。你准备好了吗？

——**常立**

儿童文学作家、研究者

《十二岁的天空》关注孩子的内心世界，细腻、真实，有着丰富的内涵，它对在家庭和校园中每个孩子受到伤害的方式进行了敏感而现实的描述。孩子们是应该躲起来隐藏自己的心，还是找到一个真正的朋友？三兄妹之间的关系非常令人感动，它提醒着我们，即使是兄弟姐妹也需要去建立友谊。书中的三位主人公即使遭遇挫折，也一直在努力，关心家人，改变自己，尽力成长为更好的自己。每一位读到这本书的人都一定会记得：活着就会面对失败，但更重要的是，站起来再试一次。

——**袁晓峰**

中国儿童文学研究会理事，2012 全国十大读书人物
2006 全国推动读书十大人物，语文教育专家，童书作家

"你要有梦想，我们都要有梦想。"

——载荷专家克里斯塔·麦考夫

1986年1月1日，星期三

准备起航

其实并不是弹子游戏机吞了芬奇·托马斯的硬币，但一侧的推板断了，游戏就没法儿继续了。芬奇一明白过来，心里就有了主意。丑陋而熟悉的感觉也冒出来了。他盯着刚才扔硬币的投币口看了看。

别紧张，芬奇。到办公室去找欣德利先生，把你的25美分要回来就行了。没什么大不了的。

弹子游戏机——就是那台“明星一号”——灯光乱闪，在今天的游戏厅里显得有点儿不合时宜。芬奇四下看看。只有他一个人在这儿。

可能是因为太早了吧。

但他从不嫌早。

准备起航。灯亮了。他没管它，往欣德利先生的办公室走去。

像往常一样，门敞着。门框上嵌着“经理”二字，但欣德利先生既是经理，又是老板，还兼任服务员。硬币被吞了，就得找他。

芬奇清清嗓子。

“欣德利先生。”他说。

欣德利先生放下账本，抬头一看，立刻应道：“亨利·纳尔逊·托马斯！我最爱的大客户！什么风把您吹到前台来了！”

他总是这么说。但其实，这儿从没有人管芬奇叫“亨利”，这间办公室也只是缩在小游戏厅后面的角落里。“前台”一点儿也不“前”。

芬奇漫不经心地指了指那排弹子游戏机。

“有一台机器坏了。”他说。

欣德利先生两手撑着办公桌霍然起身。

“啊，大客户托马斯，这可太不像话了。”他说。

欣德利先生就是芬奇妈妈口中的那种“怪咖”。不过他动作很快，几秒钟后就冲到了游戏厅中央的那台“大浩劫”前面，眯眼盯着屏幕看。

“不是那台，”芬奇指了指“明星一号”，“是这个。”

欣德利先生扬起眉毛：“可你不是个‘大浩劫’玩家吗？人人为我，我为人人，为全人类而战。”

此话不假。随便哪天，芬奇都会出现在特拉华州帕克镇主街购物中心的游戏厅里玩“大浩劫”。游戏厅本来有个名字，叫“弹子巫师”，但本地人都叫它“老厅”。芬奇最好的朋友弗恩·里帕斯说，虽然“大浩劫”先发行，但它其实是“星战”的山寨版。管它呢。弗恩痴迷于“星战”，惹得芬奇毫无来由地讨厌起卢克、汉·索罗和其他人物来（不过维达除外，维达还是挺酷的）。弗恩越是嫌弃“大浩劫”，芬奇就越是喜欢它、维护它，以至于积分高居榜首，还一门心思要再冲更高峰——矢量世界里的荣耀也是荣耀啊。有时候，在梦里，都有人求他在大家全完蛋之前赶到反应堆。

但是，今天是一月的第一天，芬奇决定在新的一年里来点儿不一样的。上次，他的双胞胎妹妹也来了，一下子就被“明星一号”里的宇宙飞船和闪亮灯光迷住了。她并不是真的想玩——游戏机什么的根本就不是她的菜——可她还是央求芬奇，想试一把。芬奇冲她嚷嚷了一通，让她走开，可后来越想越别扭。于是，他今天一大早就来玩弹子游戏机了——尽管如今已经没人玩这个了。可是呢，瞧瞧吧，还不是搞砸了。

欣德利先生走到“明星一号”前面，亲昵地拍了一拍。

“怎么了？”他问。

“右边的推板坏了。”芬奇说。

欣德利先生按了几下按钮。游戏机没反应。他说：“只剩一个推板，这可没法儿玩了。”

废话，芬奇心想。

欣德利先生折回办公室，片刻之后拿着一张纸出来了。纸上写着黑色大字：故障。他把纸贴在“明星一号”上，马克笔墨水的气味四处飘散。

“多谢你提醒，大客户托马斯。”欣德利先生说道。他笑了，笑得又实在又和气，大半张脸都亮起来了。“还有什么要帮忙的吗？”

有啊，把那25美分还给我啊，芬奇想道。不过，他没有说出来。

房子的心情

芬奇的双胞胎妹妹伯纳黛特·纳尔逊·托马斯准备睁开眼睛。她提前十秒钟暗自思忖：只要闹钟上没有数字5，这就是顺利的一天。闪烁的时间显示着“下午2：32”——没有5——1986年的第一天正像抛硬币一样吉凶难卜。她本来不该这么晚才起床，但昨天晚上她忙着为自己组装新书桌，忙到4点钟才睡。要是老老实实按照说明书组装，可能只需要半个小时就能完工，但十二岁的伯纳黛特——大家都叫她“伯德”——才不会搭理说明书呢。她把它扔到一边，按自创的“说明书”完美地装好了桌子。她的图纸越来越多、越堆越高，现在有了新书桌，总算有个稳妥地方放它们了。

她打起精神下了床，静悄悄地出了屋，拐上了过道。

房子都是有个性的，伯德想知道它今天的心情怎么样。

她绕过过道里的各种杂物——塞得满满当当的洗衣篮、一小堆一小堆的书和杂志、一箱子旧玩具（里面有她碰都没碰过的芭比娃娃，哥哥们的塑料工具箱，唔，现在是她的了）——一边侧耳倾听，一边躲开数不过来、像地雷般四处散落的运动鞋。妈妈总说，等找到合适的地方就把这些玩意儿都收拾好。可"合适的地方"是哪儿？家里已经够挤的了。爸爸妈妈连单独的卧室都没有，就凑合着窝在小书房里——也是毫无例外地乱糟糟。

爸爸妈妈低声聊着什么。这是个不错的信号。伯德走进客厅，看见爸爸坐在电视柜前面，摆弄着新买的录像机。妈妈躺在沙发上，捧着一本书，说道："这就是买新机子的全部意义，在我看来反正是没什么意义。"

伯德绕到隔壁的厨房。她先挪开脏兮兮的咖啡杯，再把东一封西一封的信件移走，然后才拿得出碗和勺子。她小心翼翼地把碗放在料理台上，看了看储藏室里的麦片盒子。通常，星期三要吃"苹果杰克"，不过是不是该换一换"果味麦圈"呢？不行，那个是芬奇的。而且，鉴于他的昵称由来——易愤（芬）怒、爱生气（奇）——有人乱动他的东西，他是真会发怒的。“麦丝卷”？不行。“冻麦片”？卡什的一整盒倒是还没动过，他也不会发现自己的麦片被偷拿了，但伯德今天不想吃“冻麦片”。

“塔米，这怎么是‘全部意义’呢？”爸爸说，“这屋里不是还有别人呢吗？”

“苹果杰克”吧。决定了，就是“苹果杰克”。

伯德倒了四分之三碗的麦片，然后添上牛奶。

“我当然知道这屋里还有别人，迈克，”妈妈说，“不然是谁上班八小时之后还要洗全家人的衣服啊？”

伯德猜错了房子的心情。爸爸妈妈低缓的声音误导了她。她以为是“杰克医生”，没想到是“恶魔海德”。

“早上好啊！”伯德尽力提高嗓门。

妈妈抬头看了她一眼，那本书是《假若明天来临》。“别碰含糖麦片，伯德，那些是你哥哥们的。小时狂吃不注意，长大发胖徒伤悲。”

我可要算一算，她在1986年会把这句话念叨多少遍，伯德心想。她很喜欢计算和数字。或许这可以成为新一年的攻关项目。

伯德把牛奶放回冰箱：“他们都去哪儿了？”

“芬奇去打游戏机，卡什跟朋友出去玩了。”妈妈说。

“我昨天熬夜把书桌装好啦。”伯德说。她往嘴里塞了一勺麦片。“花了一会儿工夫，不过最后还是搞定了。我连抽屉都装好了，还画了一张图——”

“塔米，说不定不是录像机的问题，”爸爸说，“是你没连接好。”

妈妈翻过一页书，叹了口气：“我可是严格按照说明书连接的。”

“如果真是严格按照说明书连接的，这怎么就不行呢？”

伯德端着碗走进客厅，挪开堆在椅子上的报纸，坐了下来。那台旧录像机扔在地毯上，外壳上蒙着一层薄薄的灰尘，电线乱糟糟的。

伯德还没拆过录像机呢。新一年的正式攻关大项目终于来了。只要拿起工具箱里的螺丝刀，就能轻而易举地拆掉录像机的顶盖，然后凑上去俯瞰它的内部，研究它的五脏六腑。机器的五脏六腑，是最酷的五脏六腑。

“这个旧的录像机不要了吧？给我行吗？”伯德说。

她的问题来无影去无踪，消失了。

“你爸爸说，这台崭新的录像机能录下《我们的日子》，让我休息时看。”妈妈说，“可今天我坐下来想看看吧，录像带上却什么都没有。录了个寂寞。”

“噢哟，埃文斯大夫怎么了？”伯德飞快地问道。

《我们的日子》是一部电视剧，其中的玛琳娜·埃文斯是妈妈最喜欢的角色。

“塔米，你自己说说哪种更有可能。”爸爸看着妈妈，掰着手指说，“一、新的录像机莫名其妙出了故障；二、你没连接好。哪种，嗯？”

妈妈把书扣在腿上：“哦，迈克，你说得对。我都傻得不行了，连写得清清楚楚的说明书都看不懂，哪能装好这么复杂的机器呢。”

“没人说你傻。”

伯德默不作声地嚼着嘴里的麦片，把目光定在地板的一小块污迹上。

“这么简单的说明书都看不懂，不就是说我傻吗？”

“我们都知道你聪明着呢。天呀，拥有大学学位的女人竟然不会连接录像机，可能吗？”

妈妈一把抓起那本书，坐了起来：“学位给我的好处不仅于此。我现在当秘书，周围全是——”

“要不是你坚持回学校，我们能负债累累吗？”爸爸自己翻起了录像机的说明书。

“这用不了的小玩意儿是谁斥巨资买的啊？竟然好意思提债务，真好笑……”

伯德盯着麦片碗，想起了科学老师萨隆加。放寒假之前，她说要把一月份的科学课都用来探索太空，为即将发射的“挑战者号”航天飞机加油助威。

萨隆加老师给所有学生都讲了太空知识——有些伯德都用不着听，因为她早就知道了——不过最让人着迷的一点是，太空中没有声音。当然，声音并不是真的不存在。

因为太空是真空的，萨隆加老师说过，如果碎片击中了绕轨道运行的宇宙飞船，那么里面的宇航员能听见，而外面的人听不见。

萨隆加老师解释声音的传播和宇宙微粒时，伯德的脑海中一点点地拼出了一幅画面，就像拼拼图似的。她想象着爸爸妈妈和哥哥们待在宇宙飞船里面。

而她自己——待在外面，飘浮着。独享寂静。

伯德看内部：录像机内部图

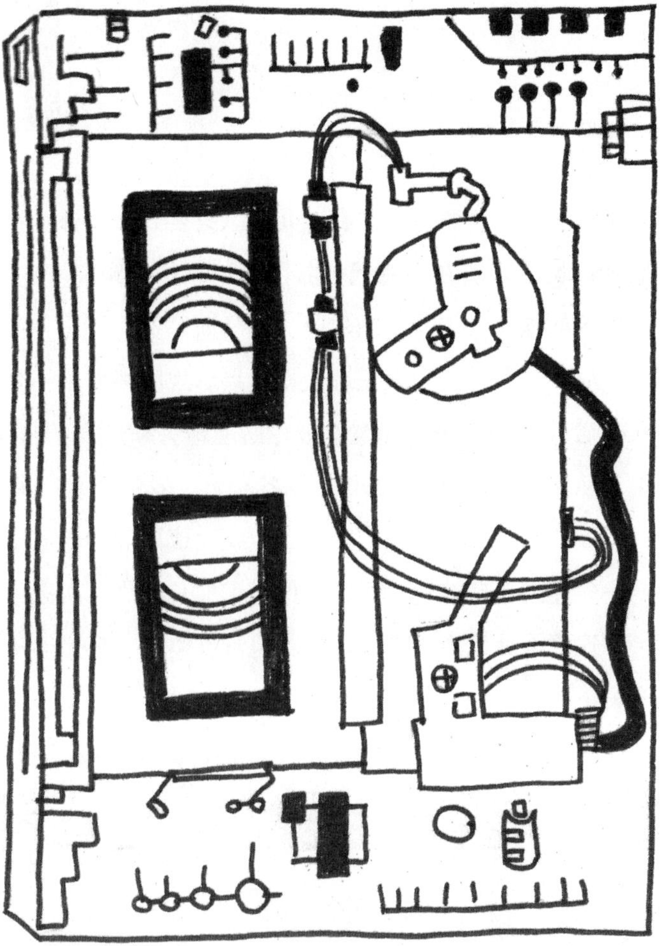

篮球之神

实话实说，这游戏委实有点儿傻。只要几个人外加一堵砖墙就能玩起来。在帕克镇公共图书馆东边，距离“老厅”两个街区的地方，卡什·纳尔逊·托马斯、贾斯汀·布兰特利、肯尼·哈金斯三个人正玩儿得起兴。规则很简单：其中两人朝着砖墙跑过去，起跳时极尽所能地去摸最高的砖块，而第三人就充当裁判，决出优胜者。十三岁的卡什一马当先——被法恩沃斯教练罚跑圈时，他就比贾斯汀和肯尼跑得快——先跑到了砖墙边。不过，他不太擅长摸高，所以很少赢。可这也没什么大不了的，反正也没有奖品。只是面子上有光罢了。

在一月的第一天，贾斯汀和肯尼早早地就到了。通常都是如此。他们一看见他——双手插在“76 人”夹克衫的口袋里，从街的另一边冒出脑袋——贾斯汀就立刻嚷嚷起来：“你真是活该留级！屁股都离不了床！”

“闭嘴！”走得近了，卡什便回敬一句。话是脱口而出的，很不客气，像往常一样。他捂住了内心深处的尴尬，也像往常一样。

因为升八年级的考试没及格，贾斯汀和肯尼抓住一切机会奚落他。可这不代表他们就是学霸。伯德不管哪一科都比他俩强，而肯尼去年也只是勉勉强强才及格。

但——

终归是及格了啊。

“你们昨晚放烟花了吗？”贾斯汀问。他戴着一顶“波士顿凯尔特人”针织帽，压住了卷曲的金色头发。卡什忍住了想抢他帽子的冲动。父母都是波士顿人，这也不能怪贾斯汀啊，卡什的爸爸经常这么说。都是玩笑话。

“我们点了一堆罗马烟火筒，”肯尼说，“好看极了。”

肯尼皮肤很白，顶着一头红发。上小学时，大家叫他“萝卜头”，把他惹哭过好几回。可现在呢，女生们都觉得他帅呆了。他个子很高，和同龄人相比，肌肉更发达，是帕克镇中学篮球队的明星——而这耀目星光，贾斯汀也有份。卡什也想像他们那样，成为聚光灯下的焦点，但总是事与愿违。

“放了，”卡什说，“放了不少。”

但其实，他们只放了几根小烟花棒，然后芬奇就莫名其妙地发脾气，自己回屋了。不久之后，爸爸也回去了，因为十一点时妈妈就靠在扶手椅上睡着了，都没洗漱。后来就只剩下卡什和伯德在外面挨冻。他们兄妹俩有什么好聊的呢？

卡什和贾斯汀在离砖墙有段距离的地方就位，肯尼在他俩后面等着计分。用不着谁宣布开始。他们从小学时就是最好的朋友，默契得就像一个人。

“你们今晚看比赛吗？”贾斯汀问。

“你说呢？”卡什道，“‘波特兰开拓者’肯定输得很惨啊。”

“J 博士不在，‘76 人’就赢不了。”

J 博士。

朱利叶斯·欧文。

费城 76 人队前锋。

篮球之神。

每天晚上入睡前，每天早上一睁眼，卡什看到的，都是 J 博士的脸。多谢爸爸给他买了一张海报，卡什自豪地把它贴在了卧室的门背后。

“你们还跳不跳了？”肯尼喊道。

卡什没回答，直接跑了出去。“匡威”高帮球鞋踏在冰冷的碎石子地面上。他竭尽全力跳了起来，但没能摸到预期的高度，像往常一样。

“大浩劫”

游戏厅里很安静，所以芬奇一直得分。弗恩不在，没人烦他。他也不用给那些去玩“极位”“星战”的人让路。周围没人溜达，没人排队。只有“大浩劫”，还有他。驾驶飞船穿越太空虫洞，率领克隆人军团对抗无脑僵尸机器人……渐入佳境时，伯德突然破门而入，小跑着冲过来，说他们得赶快走，说卡什和急诊室和什么的。干吗啊？

“卡什的手受伤了。”伯德上气不接下气。

芬奇目不转睛地盯着游戏机：“什么意思？什么叫手受伤了？”

“就是我说的那个意思。快点儿，咱们得去急诊室。”

“他是要死了还是有多严重？”

“没有，可……”

“那我干吗要去？受伤的又不是我。”

“可是他的手肿得像个篮球！”

“不错啊。”游戏进入下一关，任务是在爆炸前找到迷宫中的核反应堆。他还有三条命。“说不定这能提高他的一对一水平。”芬奇说。

“快点儿啊！”伯德说，“别玩那个傻游戏了，赶快走！”

“你自己闲着没事就写说明书玩儿，现在说我这个傻？”

有人在外面按喇叭，可能是爸爸妈妈。

哼。想自己待会儿怎么就这么难？他真想逃到另一个星球上去。他希望自己是真的在执行太空任务，而不是和什么都不懂的家人纠缠不休。他宁愿面对僵尸人的洗脑危机。

“行吧，”芬奇说，“我正玩儿到一半。算了。还剩三条命，不过也无所谓了。”他松开操纵杆，用鞋尖踢了踢游戏机，只觉得胸口作烧。一秒钟后，飞船被击中，爆炸了，“大浩劫”结束了。看吧，一刻也不能放松，否则眨眼工夫就会被灭掉。

芬奇离开游戏厅，走到外面时，伯德已经在门口等他了。爸爸妈妈坐在车子前排，气呼呼地瞪着他。芬奇和伯德钻进后排，卡什抱着受伤的手缩在那儿。伯德说得没错，他的手确实肿得厉害。虽然没有篮球那么大，但也够吓人了。

“怎么弄的？”芬奇问。

托马斯家的雪佛兰“科沃兹”离开游戏厅，开上了主街，加速驶往纽卡斯尔县纪念医院。

“踩在冰上滑倒了。”卡什的脑袋靠在车窗上，脸上绷得紧紧的。

“笨蛋。”

“喂喂！文明用语！”爸爸说。

“至少我把时间花在现实世界里了，”卡什看都没看弟弟，“我的朋友都是三维的。”

“如果你的脑子也是‘三维的’，就不至于留级了。”芬奇说，“右手打着石膏，看你怎么写作业。哦，反正你也不会写。”

芬奇的胸膛快爆炸了。他还有三条命。就这么浪费了。就因为他哥哥是个笨蛋。

“你该庆幸。要不是我手伤了，你脸上早挨一拳了。”卡什说着往下缩了缩。

各方回应像海啸似的扑了过来：芬奇反唇相讥，妈妈大声责骂，爸爸嚷嚷着“文明用语”。但嗓门最大的却是伯德。

“我又画好了一张‘伯德看内部’，回家之后你们都可以看看。”她说。

“没人想看你的儿童画。”芬奇说。

车里一片沉默。

一个十二岁的孩子竟以绘制图表取乐，不奇怪吗？

我应该是他们收养的吧，芬奇想。

惯有能量

到家的时候，所有人都累坏了——伯德除外。一部分原因是她睡到下午才起床，另一部分原因是，为卡什做腕部扫描的X光机让她好奇和着迷。她本以为自己看不成了，但她求了又求，妈妈终于答应带她一起去，只留芬奇和爸爸在急诊室等着。

她有一百万个问题想问放射技师，可才问了三句，妈妈就嘘声连连，叫她“别打扰那个帅小伙”。其实，照她看，

“那个帅小伙”挺愿意回答的。伯德问 X 光机的工作原理是什么，他就耐心地解释了“电磁波”；伯德问 X 光机里面是什么样，他就老实地承认自己也不太清楚，“可能是带有辐射光束的相机”。她又问光束是怎么产生的，刚问完妈妈就让她马上闭嘴。

回家的路上没人聊天，只有爸爸提了一句“也不知道‘76 人’打得怎么样啦”，但也没人接茬。伯德趁着难得的安静，想象着 X 光机拆开的样子。一到家，所有人就各回各屋了。伯德也是。她花了好长时间，画了又画，改了又改，终于画出了 X 光机的内部结构（至少是她想象中的）。等她抬头看表时，已经凌晨 1:40 了，不妙，明天还得上学呢。

“喝茶！”她大声地自言自语。

甘菊茶对失眠有好处。这是萨隆加老师告诉她的。

她踮起脚轻轻地走，免得吵醒家人。但有人似乎一直醒着。卡什房间的门缝底下透出一道银色的光。

伯德轻轻敲了敲门。

卡什没应声。

她又敲敲门，转动门把手，往里面瞧。

卡什躺在床上，衣服也没脱，甚至高帮球鞋都还在脚

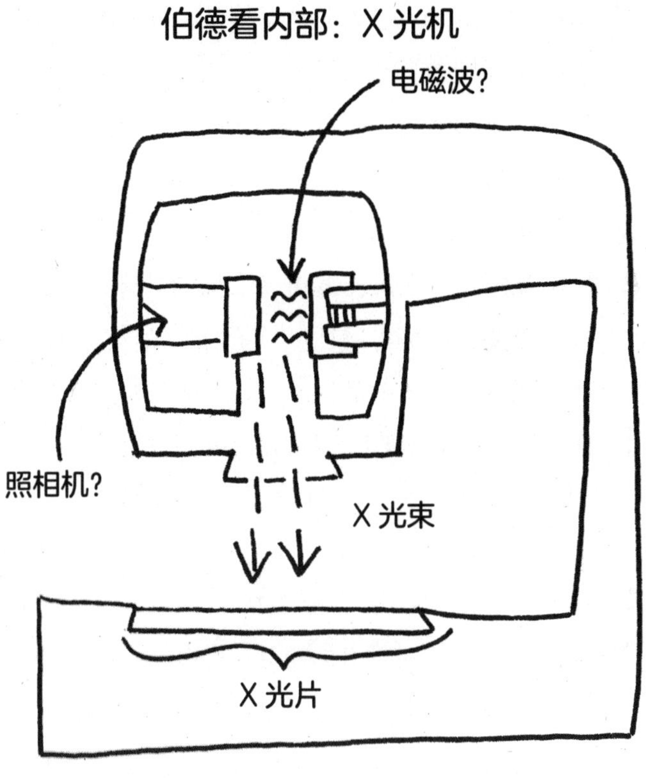

上。他盯着天花板出神，打了石膏的手吊在胸前。

“你没事吧？”伯德走进房间，关上了门。卡什的房间很整洁——和她的一样整洁。芬奇的就乱极了，脏衣服、臭袜子到处都是，看了一半的书，还有那些雅达利游戏卡，都胡乱扔着。其实整座房子都是这个模样，每个角落都塞得满满的，每个台面都堆着东西。

“没事。”卡什说。

“你明天去上学吗？”

“不知道，去不了吧。”

“那我跟萨隆加老师要些讲义和资料什么的吧，”伯德说，“如果需要的话，我还可以从你的老师那儿领些作业。”

卡什没说话。

“你想让大家在石膏上签名吗？”

卡什还是没回答。不过过了一会儿他说：“唔，可能吧。”

“我有马克笔，说不定你能用上。”

房间里满溢着一种惯有的能量——他们仿佛有许多话要说，可谁都不知道该怎么开口。托马斯家好像太阳系，他们这些行星就在轨道上运行着——不，不是行星。更像流星，或者太空垃圾，或者飘浮物。运行着，有时候就撞在一起，然后炸裂开来。

我该回自己的轨道了，伯德想。

她正要离开，就听见卡什说：“谢了，伯德。”

一个理由

其实，卡什想说的是：到底有什么意义？

上学有什么意义？他努力了，却还是留了一级。现在手上又打了石膏——他需要这只手来记笔记、写作业；这两件事他做得已经够糟了。但是体育还不错。这是他唯一看得上的科目（如果体育能算一科的话），可他这副模样还怎么运球？

这些都不重要。

反正他也不是朱利叶斯·欧文。

在学校里，他唯一喜欢的，就是打篮球。至少开始时是这样。为了留在球队里，他甚至凑够了平均分。可问题是，他还一分都没得过呢。大家很快就会发现，他在帕克勇士队里没有任何价值。贾斯汀和肯尼就不一样了，他们能投进罚球，能命中三分球，能没完没了地跳投。第二赛季进行到一半的时候，法恩沃斯教练终于说出了所有人的想法。

“你跑得挺快，但投篮不行，”他说，“投篮不行的话……”

他没说完，只是耸了耸肩。

教练没有把他踢出球队。除非成绩下降，否则谁也不至于被开除。只是常驻替补席而已。有时候教练也会让他上场，但前提是勇士队已经明显占了上风。卡什的成绩始终在危险的边缘徘徊，现在终于跌出下限了。对他来说，因此除名，反而算是篮球生涯的善终。

教练说得对，贾斯汀总这么说，卡什跑得快，每天晚上都跑着逃离作业。这一度是他们最喜欢的笑话。

所以，说真的，干吗要去上学呢？

唔，只有一个理由，他想。

佩内洛普·巴纳德，大家叫她佩妮。

在萨隆加老师的课上，她坐在他前面。她每天早上都会跟他打招呼——短短的一声“嗨”，像小鸟啾啾叫。然后她坐下来，把一头棕发从脖子上拨开，让它垂在椅背上。洗发水的香味立刻四散开来，卡什很想知道（每一次都是）那到底是什么香型。

佩妮·巴纳德不是特别受欢迎的那类女孩，但也不招人讨厌。卡什有时会想，有没有人注意到她鼻子上的雀斑，她头发的香味，她走进教室时对大家的微笑。

现在，他有正当合理的理由跟她说话了。

他想象着，那会是怎样的情景。

他：嗨，你能在我的石膏上签名吗？

她：当然。你有马克笔吗？

他：有，给你。

她：我要写什么呢？

他：可以的话，写名字就好。

她：你的手腕怎么了？

他：和哥们儿一起玩，踩在冰上滑倒了。

她（吓了一小跳）：疼不疼啊？

他：没事，去看了急诊。

她：真可怕。

他：最惨的是，我没法儿记笔记了。

她：那用我的笔记复印一份吧。

等等等等。

也许明天就可以说。

也许该等到星期一？新一周的开始。

也许这破石膏还是有点儿用的。

1986年1月2日，星期四

家是复杂的机器

想让机器正常运转，所有零件都得各司其职。这么看来，家，不也是复杂的机器吗？螺栓松动，齿轮缺油，整体就会暴躁、吵闹、意外频出。伯德认为自己是家里最可靠的零件，所以非常自豪，第二天走进厨房时还能高高兴兴的——反正是早上七点半那种已然尽力的高兴——但同时也做好了思想准备。

芬奇坐在中间的料理台边，吃着没加热的馅饼，爸爸妈妈则忙着准备午饭，要带着去上班。

“他这一晚上肯定很难熬。给他放一天假吧，让他缓缓。”爸爸说。

“可他的成绩……”妈妈说着，把一罐“瘦得快”装进包里。

“我跟卡什说了，帮他从老师那儿领作业。”伯德说。她把书包放在芬奇旁边的空椅子上，给自己倒了一杯橙汁。爸爸伸过手来拿苹果。

“你们的老师又不一样。”妈妈说。

“我们都上萨隆加老师的课啊。”伯德说。

“芬奇也上萨隆加老师的课吧。”妈妈说道，她冲着芬奇打了个响指，“芬奇，你跟你哥有很多课是一起上的吧？”

“我们没有一起上的课。”

“但他的老师，你应该也认识不少。不只是萨隆加老师。”

“嗯，对。”芬奇嘴里鼓鼓囊囊地嚼着，馅饼渣崩到了他的新夹克上。他满不在乎地掸了掸。“唔，四个吧，应该。”

“你能帮卡什领作业吗？”妈妈说着，又往包里塞了一罐低卡可乐。塔米·纳尔逊·托马斯常对伯德说，外表不重要，可她自己却很在乎外表。尤其是，她的体重在过去几年里一直上涨，女儿倒是没什么变化——不过，发胖的风险是永远存在的。

“没关系啊，我去领吧。”伯德抢在芬奇抱怨前说道。芬奇一向是“纳尔逊·托马斯齿轮组”里动静最大的那一个。

“这是什么道理？他们共同的老师有四个呢。”妈妈说，“再说，你要明白，别觉得自己是个女人就得面面俱到，照顾所有人。”

爸爸一仰脑袋，佯作恼火。

“伯德还不是女人呢，塔米，”他说，“别给她灌输那种想法。”

托马斯太太撇下午饭袋，双臂环抱：“哪种想法？嗯？”

齿轮开始咯吱咯吱地响了，轻轻地。

“‘平权’的想法，”爸爸说。“要不然她早晚得跑到后院去烧掉胸衣。”

“我还没穿呢。”伯德飞快地插嘴。她迫切地希望转移话题。

芬奇把两只手缩进袖子里，捂着耳朵：“别再聊这个话题了，行吗？”

托马斯太太松开胳膊，越过料理台，掐了芬奇一把。

“你替卡什领作业，我们就不再聊了。”她说。

“行行行，领领领，”芬奇说，“领什么都行。”

“只要领作业就行。”妈妈笑了。

齿轮们静下来了。

故障暂时解除了。

纳尔逊·托马斯齿轮组
示意图

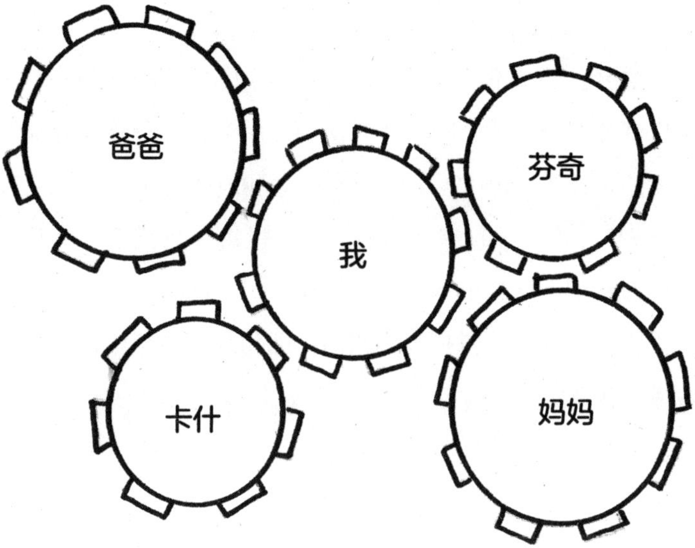

阿曼达·派珀

一切都是从“黑武士”达斯·维达的“钛战机”开始的。要是他没在傻乎乎的科学笔记本上画那艘傻乎乎的飞船，就什么事都不会有。寒假前的最后一天，萨隆加老师长篇大论地谈着 NASA（美国国家航空和航天局）的“太空教师计划”。芬奇拿起笔，画下了反向机翼和爆能炮。他甚至用圆珠笔细细地画出了面板上的细节。

就在这时，他听见了那句话。那句足以使地球自转改变方向的赞美。

“好酷啊！”

是阿曼达·派珀。她就坐在他旁边，蓬松的卷发拢着宽宽的圆脸。有点青春痘。还有点雀斑。她比班上的其他女生高大、壮实。牛仔裤腰上卡着一小圈肚腩。她的手比他的还厚实。

学校里有些家伙——包括弗恩——都给她起过绰号。而现在，在这儿，她跟他开口讲话了。

芬奇咕哝了一句“谢谢”，以为就到此为止了。但假期后的第一天，他一坐下就感觉不对劲。而注意到这一点的，也不止他一个人。

坐在后面的弗恩拍拍他的肩膀，向前探着身子，小声说道：“‘楚巴卡’看着你呢。”

芬奇已经发现了。她看着他，好像在等待些什么。等什么呢？他不知道。或许是在等眼神交会，这样就能搭话了。

他目不转睛地看着前面。

“嗨……”她说，静了片刻，“亨利？”

嗯？学校里除了代课老师，没人叫他“亨利”。没有。

看前面，别对上眼神。

萨隆加老师正要关门，雷切尔·希尔一阵风似的冲进来，坐下了。她总是最后一个到，总是笑眯眯的，身上有股泡泡糖的香甜味，总是斜扎着马尾，发梢搭在小巧的肩膀上。

为什么雷切尔·希尔就不能像放射激光似的看他呢？为什么看他的是阿曼达？

她放大了声音：“嗨，亨利。”

别无选择了。他非看她不可了。这时，她笑着伸出手，递过了什么东西。

天啊，是小纸条吗？

不，那是一张贴纸，手掌大小，达斯·维达跃然其上，双手握着光剑，黑色长袍在鲜红的光芒的映衬之下，真是太酷了。但是，和他即将付出的代价相比，还是不值得。他能感觉到弗恩在后面嗤笑。

“送给你，贴在笔记本上吧。”阿曼达说。

贴纸像火球似的。他把它扔在桌上，什么感觉都有：尴尬，恐惧，羞耻，啊对，还有内疚。内疚是因为，这是一种示好——还是第一次有女生对他示好呢——可他一点儿也不想回应。

“谢谢。”他嗫嚅道。

他把贴纸夹在笔记本的纸页之间，然后去看萨隆加老师。只见她正在黑板上写字：1986 年 1 月 23 日。另起一行，换了圆乎乎的字体：“挑战者号”发射！

她用粉笔敲敲黑板。

“大家准备好起飞了吗？”她说。

不太好的念头

有时候，伯德真希望自己的妈妈是萨隆加老师。这是个不太好的念头，但她就是这么想的。

塔米·纳尔逊·托马斯没有什么不好。她坚持要把自己的婚前姓作为孩子们的中间名，她总是抱怨工作，非常在意“控制体重”……她就像一枚吱吱尖叫的齿轮，而萨隆加老师就很……嗯，情绪平和、冷静，不会一惊一乍。

萨隆加老师很有条理，经常强调“周密计划”及其在科研中的重要性。她甚至申请了“太空教师计划”。这个事儿，她讲过很多次。

是这么讲的：萨隆加老师每天都会和家人一起吃晚饭。她家有一条规矩——饭桌上不可争论，所有人说的话，大家都要安安静静地听。尽管有这么一条规矩（在伯德看来非常陌生，非常神秘），萨隆加老师还是没想到，自己提出争当第一位太空教师时，竟获得了热情的回应。她原本以为丈夫和孩子们会大泼冷水：太空！你连摩天轮都不敢坐！或者：你？宇航员？开玩笑的吧？但她低估了他们。他们兴奋极了，问了一百万个问题。萨隆加老师一个一个地回答，和大家一起传来递去地吃着土豆泥和鸡肉。到了下一个星期，他们送给她一张卡片，封面上写着："祝你好运！"里面写着："致第一位太空教师、我们最爱的宇航员！"

每当讲到这里时，萨隆加老师就会感慨："人们总是能给你惊喜。"

总的来说，伯德不喜欢惊喜。但这样的惊喜，她一点儿也不介意。

后来，大家都知道，萨隆加老师的申请没有通过，她无法成为第一位太空教师了。但她还是把那张卡片立在自己的桌子上，时时看着。里根总统选了克里斯塔·麦考夫。

萨隆加老师对太空旅行的热情丝毫不减。今天，按预定计划，"太空月"就要开始了。作为"太空月"活动的一部分，全班同学要分成三个独立的机组，模拟"挑战者号"航天飞机上的种种工作。

"每个机组有七人，"萨隆加老师说，"工作分配如下：一名驾驶员，一名航天飞机指令长，三名任务专家，两名载荷专家。”她说着举起一个小纸袋摇了摇：“所有工种都在这里，每人抽一个，别偷看。”

老师走到伯德这排时，伯德的两条腿直哆嗦。她闭上眼睛，一遍遍地默念那个词：航天飞机指令长，航天飞机指令长，航天飞机指令长。重复三遍，是不是就能许愿成功？

坐在她前面的德文特·哈里斯把手伸进纸袋里，吐了吐舌头。伯德想看看那张纸上写了什么，但萨隆加老师走过来，挡住了她的视线。

“该你了，伯德。”她笑着说。

伯德右手交叉手指，左手伸进纸袋。指尖拂过小纸条，摸起来感觉都差不多。她抽出了一张——

任务专家。

伯德皱了皱眉。她希望老师也觉得不妥，让她重抽一次，可老师走到丹妮尔·洛根那儿去了。

伯德不想当任务专家。她想当航天飞机指令长。指令长是统领一切的负责人，所有机器是不是运转正常，都归他管。

德文特转过身来。

“你抽中了什么？”他问。

“任务专家。”

“我抽到了驾驶员。你想换吗？这个当然不如指令长好，不过……”

伯德差点儿就同意了，但想想又觉得这样不公平。驾驶员是她的第二选择，可如果真的跟德文特换，那么萨隆加老师设定的“随机抽选”就掺了水分。遵守规则，也是“周密计划”的一部分。通常如此。

“没关系，就这样吧，”伯德说，“谢谢你。”

每个人都抽中分工以后，教室里热闹了起来。萨隆加老师让所有航天飞机指令长起立。伯德不想嫉妒——尤其是丹妮尔·洛根也站起来的时候——但她就是忍不住。

宇航员们就近组队，于是伯德和德文特加入了丹妮尔的机组。同一组的还有任务专家克里斯托弗·惠勒（不是克里斯）、马库斯·斯特吉斯，载荷专家杰西卡·布兰特利、杰西卡·迪亚兹——她的闺蜜是全校最受欢迎的女生雷切尔·希尔。杰西卡·布兰特利自己待着的时候，大家叫她“杰布”，跟闺蜜在一起时——几乎每时每刻形影不离——就被笼统地称为“杰西卡”了。杰布的哥哥贾斯汀是篮球队员，也是卡什的铁哥们儿之一（伯德认为贾斯汀很蠢，但她没跟别人提起过）。

萨隆加老师解释说，在整个一月份，每个机组都会分配到问题解决型的任务。他们需要通力协作，完成任务。

“首先要思考的两件事是：进入太空的目的是什么，以及给自己的航天飞机取个名字。”她说。

大家吱吱嘎嘎地挪动桌椅，按小组凑在一起。丹妮尔——大家叫她“丹妮”——笑着欢迎她的组员，笑得大牙都露出来了。

“咱们的飞船叫什么好呢？”她问。

伯德挺喜欢丹妮的，因为她人很好，总是多备一支铅笔，谁借都行。但这一刻，让她来当航天飞机指令长，伯德还是颇有些不情愿的。

“是‘航天飞机’。”她纠正道。

“唔，‘航天飞机’。”丹妮重复了一遍。

“你们说……‘麦当娜’怎样？”杰西卡·迪亚兹两眼发光。另一个杰西卡热切地点了点头。

“不好。”德文特说。

杰西卡·布兰特利噌地站起来，把肩上的金发一甩："我想到了！想到了！就叫'幸运星'吧！"

"这不是麦当娜的歌吗？"克里斯托弗（不是克里斯）说道。他的头发挡住了眼睛，每当眨眼时，就有几根头发随着睫毛抖动。克里斯托弗（不是克里斯）几乎天天都穿摇滚乐队的T恤。今天穿的是"范·海伦"。

"对啊，"杰西卡说，"怎么了？"

"以麦当娜命名的飞船，可别算上我。"他说。

马库斯平时很少讲话，而且每个星期似乎都要缺课几次。他冷冷地举起一根手指，说："也别算我。"

两个杰西卡气鼓鼓地翻了个白眼。

"丹妮说了算，"杰西卡·布兰特利说，"她是航天飞机指令长。"

大家都看着丹妮。

丹妮看着伯德。

"你有什么建议吗，伯德？"她问。

当然有了。

"'明星一号'怎么样？"不等其他人回应，伯德就补充道，"'老厅'里有一台机器上就装载了这个游戏。"

"'明星一号'。"丹妮又念了一遍，仔细设想了一番。

"我喜欢这个。"德文特说。

"我也喜欢。"两个杰西卡说。

克里斯托弗（不是克里斯）和马库斯只是耸了耸肩。只要别跟麦当娜扯上关系，他们好像都无所谓。

"明星一号"的任务很容易就敲定了：研究哈雷彗星——和"挑战者号"一样。

下课铃响了，丹妮扬起胳膊，胜利般地放声大喊："'明星一号'飞向太空！"大家都笑了——不是笑话她，是跟着她一起笑——因为所有人都知道，这不过是好玩儿罢了。他们不会像"挑战者号"上的宇航员那样，真的飞向太空。尽管他们渴望至极。

这里是“弹子巫师”

曾几何时，托马斯一家也是绕着同一颗太阳飞行的。不过，那似乎已是遥远的过去。他们在某一时刻分道扬镳了，谁也不知道是什么时候，为了什么。反正，有一件事是可以肯定的：铃声一响，托马斯家的孩子们就各奔东西。

卡什通常就跟朋友们走了。

伯德直接回家。

芬奇跟弗恩去“老厅”打游戏。他们有一种出于本能的习惯：在人行道上找硬币。可今天，沿着大街往前走时，弗恩却推推芬奇的肩膀说：“楚巴卡爱上你了！”

贴纸那件事发生在第一节课，似乎已经挺久远了，芬奇还以为就此能逃过好朋友的“关心”呢。

显然没这么幸运。

“楚巴卡好爱你哟！”弗恩噘着嘴唇，模仿着亲吻的声音。

芬奇突然怒火中烧。“闭嘴！”他说。

至少，在那个傻乎乎的航天飞机游戏里，他跟阿曼达不在一个组。要不然可真是一场噩梦。

快到加油站了。他们跑到电话亭那儿，想看看有没有卡住的硬币，但投币口空空如也。

芬奇身上只有50美分。这是他没吃午饭省下来的。他觉得哪怕到了“弹子巫师”自己也不会多走运。

他猜对了。

游戏厅里人满为患。“大浩劫”被人占了，“星战”“极位”“空手道冠军”“蜈蚣”等也全都一样。到处都是小屁孩，大喊大叫，跑来跑去，再加上那么多游戏同时开打，所有噪声都融为一体，成了一支混乱之歌。一个戴眼镜的书呆子在玩投篮，投了半天也没能命中。他每次瞄准，就惹得另一伙儿大孩子鬼哭狼嚎，然后他就更投不进去了。这简直是浪费钱，芬奇心想。

欣德利先生在人群里穿梭，赔笑，他一看见芬奇就迎上来说：“瞧这生意火爆的，真让人高兴啊！”

“我可不高兴，”芬奇说，“我的机子被人占了。”

欣德利先生用胳膊肘戳戳他：“你可以用弹子游戏机消磨时间啊。毕竟这儿是‘弹子巫师’。”

“你的弹子游戏机昨天吞了我的硬币。”

欣德利先生抱歉地点点头说：“我得把那个修一修。店里总挂着‘故障’可不是个事儿。”他把手伸进口袋掏了掏，掏出一枚25美分的硬币，递给芬奇。“这回扯平了吧。敞开了玩儿吧。找个没人用的机子就行。”

他拍拍芬奇的后背，走开时，弗恩嚷嚷道：“你又掏钱啦，欣德利先生，我也要！两个星期之前‘大金刚’还吞了我50美分！”

芬奇用手指抚摸着硬币的边缘，仿佛那是一块金子。

欣德利先生没有驻足。

“我说真的呢，欣德利先生，”弗恩不依不饶，“那只大猩猩是个骗子！”

欣德利先生头也不回就挥挥手把他打发了。

弗恩耸耸肩：“试一试反正也不亏。”

芬奇之所以喜欢“大浩劫”，是因为他觉得那是“他的”。大多数孩子都觉得这个游戏太复杂，太难理解，也懒得去管背景故事。他们转而去追捧别的游戏，丢下“大浩劫”无人问津。通常，“大浩劫”都是虚位以待，控制台那儿空空如也，就等着芬奇驾到。可现在，他环顾四周，看到就在几英尺开外的地方，一个穿着“科迪斯”帆布鞋的高个儿男孩在玩儿本该属于他的游戏。这一把死了，男孩又投了一枚硬币。

“到墙边歇会儿吧。”弗恩说。这意思是，他想到弹子游戏机那边的墙边溜达溜达，佯作无所谓。

芬奇把硬币塞进了口袋尽里面。

自打去年上了中学，芬奇就觉得，无论如何也得表现出随随便便的样子，好像世界上没什么重要的事，就算人人都有在意的东西，他也全都无所谓。

他和弗恩走过去，倚墙站着。

“哥们儿，说真的，楚巴卡的事儿，你打算怎么办啊？”弗恩说。

“别那么叫她了。”

“为什么？”弗恩不怀好意地笑笑，“你不会真的喜欢她吧？”

“没有。”确实没有——一点儿那意思都没有。只是，弗恩说“楚巴卡”的方式让他困扰。好像这是在戏弄他，而不是嘲笑阿曼达。也许这笑料，他们俩都有份。谁知道呢。反正关键是，他也成了这笑话的一部分。

“那你有什么好在意的？”弗恩说。他顿了顿，又问：“那到底怎么办呢？”

“什么意思？什么怎么办？不怎么办。”

弗恩正想说什么，这时贾斯汀·布兰特利和肯尼·哈金斯走过来了。

“嘿，你哥哥怎么样啦？”贾斯汀冲芬奇努努嘴，“他在冬奥会上滑倒之后，我就再没见过他了。”

“他今天在家待着呢，因为打了石膏。”

“真是大笨蛋，”贾斯汀大笑起来，“你们真该瞧瞧他摔下去的模样，天哪！看着挺疼的。”他来回打量着芬奇和弗恩，又说：“你们俩聊什么呢？”

芬奇和弗恩同时开口了。

芬奇说：“没聊什么。”

弗恩说：“楚巴卡爱上芬奇啦。”

“楚巴卡？”肯尼扬起眉毛。

“对呀，”弗恩说，“阿曼达·派珀。”

芬奇的目光转向“大浩劫”。那个高个儿男孩什么时候走？什么时候才能轮到他？在想象里，芬奇走了过去，把他推开，抄起控制杆的时候，他被自己的“科迪斯”帆布鞋绊倒了。

“阿曼达·派珀，阿曼达·派珀……”贾斯汀喃喃道，“噢，对了，是不是七年级的？棕色头发很茂密，还有个大脑袋？”

弗恩笑起来没个完，仿佛这是什么宇宙最有趣笑话。贾斯汀和肯尼在的时候，他总是这样，因为他们是受欢迎的那种人。而贾斯汀和肯尼正是“假装无所谓”表演大师。

“对对对，就是她，”弗恩说，“她爱上芬奇了。爱得不可自拔，都直呼他的大名了。是不是呀，亨利？”他用胳膊肘捅了捅芬奇的腰。

就在这一刻，怒火突然蹿了起来，熊熊燃烧。芬奇抓住弗恩的手腕，抓得很紧，很用力，把他往后一推。

“别再碰我！”芬奇说。

他的目光里满是杀气，声音里满是愤怒，吓得弗恩皱着眉连连点头。芬奇松手的时候，弗恩揉了揉自己的手腕，仿佛刚刚摘下一副手铐。

“老天，你怎么了，”弗恩说，“冷静点儿。”

对，芬奇，冷静点儿。冷静。

芬奇本想道歉，尤其是卡什的朋友还在边上看着，活像在看精神病患者。但他终究没能说出口。他只是站在那儿，等“大浩劫”终于空出来时走过去，没再说一句话。

被木乃伊冻结

要是有人留在家里陪他就好了。因为这是打上石膏的第一天，手腕还很疼，很多事都没法儿做，比如上厕所、打开薯片袋子……但事已至此，多说无益。卡什这一天主要就是睡觉、看电视（但也不是真的看，因为都是游戏节目和肥皂剧）、看《费城问讯报》体育版、吃垃圾食品。下午妈妈打来电话，确认他还活着，并且发布通知——因为要开会，所以可能得加班——还抱怨说总是有这种人，人家正需要早点回家呢，他非得开什么破会。

最先到家的是伯德。她进门时，卡什正仰面躺在沙发上，看着《宇宙巨人希曼》。他早就过了看这玩意儿的年纪，可那又如何？

“你的胳膊怎么样？”伯德问。她把书包放在料理台旁边的凳子上，打开冰箱：“你想喝点东西吗？”

“不了。”卡什说。他一动不动。没什么特别的原因，就是想试试，人到底能有多懒。直到伯德过来坐下时，他才动弹。也没什么大动作，只是缩了缩脚。

伯德喝了一大口“健怡”可乐，然后弯起手指蹭了蹭嘴角。“我没给你领作业，因为妈妈说让芬奇帮你领。你们有好几门课的老师都一样嘛。”

“好吧。”卡什说。他已经忘了妹妹答应过自己什么。

“萨隆加老师的课棒极了。她把所有人分成几个机组，然后像‘挑战者号’那样完成任务。”

卡什的目光黏在电视上，心不在焉地听着。这个玩具广告里的父亲有胡子。卡什很想知道自己以后会不会长胡子。他想舔舔上唇，看看自己横陈沙发这段时间里有没有长出什么。不过他还是尽量静止。

“像什么来着？”他问。

“‘挑战者号’。就是那个，唔，航天飞机。”

“哦，对了，太空月。”

“对呀。我本来想当航天飞机指令长的，但丹妮尔·洛根抽中了，所以我就只能当任务专家了。我们的航天飞机叫‘明星一号’，是弹子游戏机的名字。我们的任务是研究哈雷彗星，和真的宇航员一样。”

屋子里静了一会儿，于是卡什开口道："很酷啊。"

"是我提议的'明星一号'，大家都很喜欢。"

"嗯。"

"一开始，我有点儿嫉妒丹妮，不过后来我觉得，她应该是个很不错的指令长。"

"是啊。"

伯德喝了口可乐："你的胳膊需要什么特殊护理吗？"

"不用。"

伯德看向电视。

《霹雳猫》要开始了，四点半了。这么大了还看《霹雳猫》，卡什暗暗提醒自己。

"芬奇呢？"卡什问。

这根本不用问。

"在'老厅'。"

塔米·托马斯和迈克·托马斯希望他们进门时三个孩子都在家。通常如此。塔米·托马斯和迈克·托马斯还希望孩子们能做完所有的作业。这就不一定了。但他们从未正儿八经地检查过，只是口头上问一问。卡什和芬奇不管写没写完，都会回答"写完了"，伯德就规规矩矩地实话实说，反正他们知道，她肯定会完成作业的。

像往常一样，《霹雳猫》演完时，芬奇到家了。他勉勉强强地“嗨”了一声，就钻进了自己的房间。

三十分钟后，爸爸进门了。他没说“嗨”，而是问：“你妈妈呢？”

当时伯德已经回房间了，所以卡什再次独占了沙发，姿势也没变。开始播新闻了。他讨厌新闻，宁愿被《霹雳猫》里的恶魔王木乃伊永久冻结。

“她打电话说会晚点儿回来。”卡什说。

爸爸叹了口气：“有多晚？”

“我不知道啊，说要开会什么的。”

“行吧。”爸爸咕哝道。

卡什看不见爸爸，但是他知道，他肯定正叉着腰，站在厨房的料理台边。这就是家的奇怪之处：哪怕看不见，也知道家人在干什么。

语言的规则

问题是：晚饭。

妈妈到家时，已经6:40了，所有人都在饿肚子。通常都是妈妈做晚饭，所以爸爸说，等她回来做。

这是个错误。

伯德早就知道这是个错误。争吵近在咫尺。可她无能为力。她不会做饭，所以她也没法儿替他们预备晚饭。不过，她退而求其次，吃了个火鸡三明治，这样妈妈忧心忡忡时就没她的事了。她建议其他人也吃个三明治，但他们不愿意，执意要等更精致的饭菜。

于是伯德回了自己的房间，静观其变。

反正不会有什么好事。

孩子和成人的语言规则是不同的。伯德很早就意识到了这一点。

例如：伯德和哥哥们都不准赌咒发誓，尤其是当着爸爸妈妈的面时。即使是不太狠的、根本实现不了的咒骂——比如“下地狱去吧”——也不行。如果他们说了妈妈所谓的那些“粗话”，爸爸就会立刻大吼“文明用语！”来提醒他们注意言辞。

然而，这些规则却不适用于托马斯夫妇。他们什么词什么话都能说。有些骂人的话甚至还是一一匹配的。比如托马斯先生称托马斯太太“蠢牛”时，托马斯太太就会回敬他“低能”。这些难听的话毫无掩饰，面对面吵架时更是变本加厉。

伯德现在就在听。她把耳朵贴在门上，听着外面的动静。她也不想这样，可就是忍不住。其实根本没必要耳朵贴门。他们大吼大叫的，哪怕站在街边车道上都能听见。不过，她觉得自己总得做点什么。

塔米说迈克是“愚蠢的白痴原始人”。

迈克说塔米是“没事找事”。

塔米说迈克“两手两脚都好好的”，可她却得上完一天班还要回家做晚饭。

迈克说那都怪塔米，因为她“拒绝当主妇”，抛头露面地工作是为了“向葛罗莉亚·斯坦曼看齐”。塔米说：“是葛罗莉亚·斯坦能。我工时比你长，干的比你多，你还指望我做饭，真恶心！”

“我让你做晚饭怎么了！”迈克说，“你对这个家毫无贡献！过去十五年都是你做饭，今天怎么就不行！”

“这正是问题所在！”

“要是你不愿意，只需要说一句‘迈克，我太累了，不想做饭’（他模仿了塔米的声音，实在是难听），而不是当着孩子们的面大吵大嚷！”

“哦，得了，现在我成了坏家长了？”

如果吵得够久，他们在某个时刻总会指责另一方是不称职的家长，于是吵架——他们称之为“略有分歧”——就会升级。他们不会对对方动手，而是会对屋里的东西动手。比如他会把她的书抢起来扔，她会猛踢厨房里的椅子，踢坏为止。

伯德没心情去管坏掉的椅子和扔乱的书。

争吵还在小规模口角阶段时，卡什和芬奇就各回各屋了。伯德无法责怪他们，因为要不是早已回屋，她也会那么做的。一旦孩子们离开视线，托马斯夫妇立刻就会化身机器——会喷火、能烫伤皮肤的那种。

得有人把螺丝刀卡进飞转的机器发条才能止得住。

伯德深吸一口气，转动门把手。

但有人抢了先。

芬奇。他的门猛地拉开，连她的门都跟着抖了一下。

“你们俩何必结婚呢？”他吼道。

伯德的心跳都停了。

冰箱门开了，又甩上了。盒子罐子咔咔作响。芬奇回屋了。砰！一秒钟后，他打开了录音机。音量加大，加大，再加大。“警察乐队”的《月球漫步》。

伯德坐下了。就在她刚才站的地方。脸冲着门。

她不知道爸爸妈妈在干什么。听不见他们的声音了。

只能听见音乐声。

我的脚步几无声息

漫步在月球，漫步。

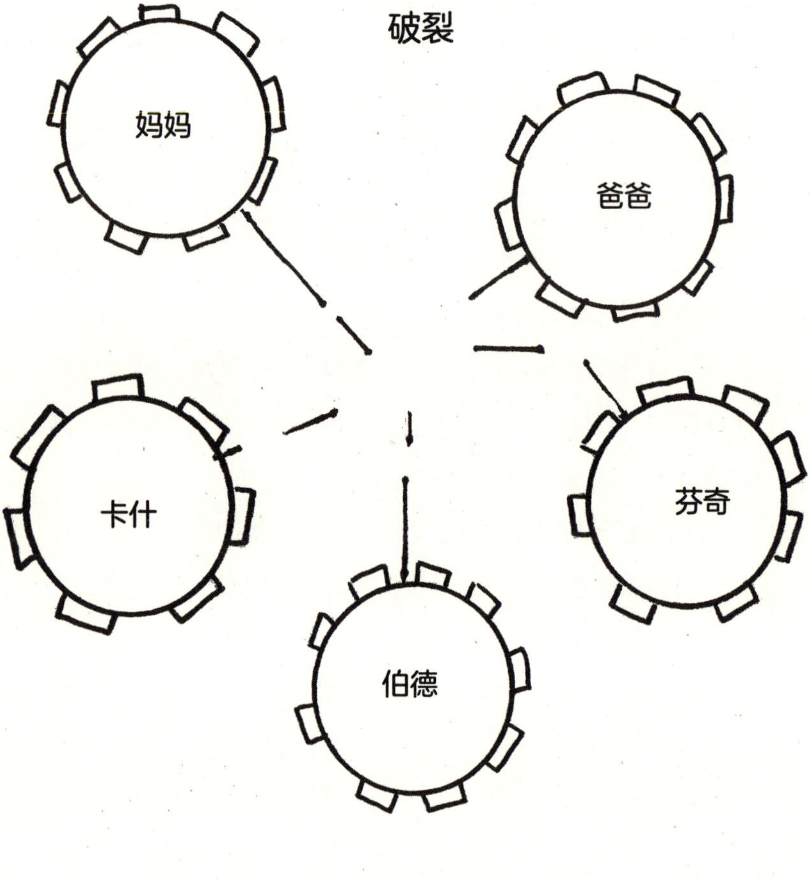
破裂
妈妈
爸爸
卡什
芬奇
伯德

1986年1月5日，星期日

明天

卡什一直梦见自己的胳膊。他梦见自己攀岩。他梦见自己打鼓。他梦见自己打篮球。在梦里，这些都是用一只手完成的。

星期日的夜里，屋子里一片寂静，他醒来时还以为自己驰骋在76人队对火箭队的赛场上。可他只是躺在床上，胳膊很痛。石膏里刺刺痒痒的，他只能用铁丝衣架伸进去戳一戳。

他什么也不想做，只想躺着。他整个周末都没出屋，星期五也没去上课。芬奇忘了替他领作业。这有什么要紧的呢。他早就跟不上进度了，这下可能又得挂科了。一想到弟弟妹妹就要变成学长学姐，他的胃就像是打了个结，越抽越紧，堵得不想动。

明天就必须去上课了，躲不掉了。

门上的海报里，J 博士正要投篮。星期六晚上，76 人队输了火箭队 15 分，真叫人失望啊。可爸爸经常说，有得必有失。他只在“失”的时候说这句话。

卡什已经想好了星期一的种种可能。

萨隆加老师怎么说的来着？

“周密计划”。

对，就是周密计划。

他做好了周密计划。

所有环节都围绕着佩妮。

具体如下：

1. 请别人在石膏上签名。

2. 只请关系好的同学签。贾斯汀和肯尼是铁哥们儿，没的说。他的储物柜和雷切尔·希尔的挨着，所以也要请她签。再加上她的几个朋友。总之男生女生都要有。

3. 以上签名搞定之后，就去上萨隆加老师的课，等佩妮。

4. 不要紧张，自然些，随意些，像任何一个星期一一样。如果运气够好，佩妮自己就会看到石膏，然后问他怎么了。于是他就可以——

5. 递上马克笔，请佩妮签名。签的时候（她必然会注意到石膏上已经有的那些名字），他就——

6. 跟她对话，展开正式的聊天。

计划真不错。

“就在明天，J博士，”卡什冲着海报说道，“我向你保证。”

1986年1月6日，星期一

嗨，亨利

芬奇四岁的时候，曾在玩具反斗城里大发脾气。伯德眨着眼睛对妈妈说：“他又愤气啦！”所有人都哈哈大笑，包括芬奇自己。于是从那以后，大家就叫他“芬奇”。就像“伯德”，也是因为他小时候念不出“伯纳黛特”，才成了妹妹的昵称。他俩是双胞胎，昵称不管好不好听，都是对方取的。

可是，阿曼达一直叫他“亨利”。

星期一早上，他去上萨隆加老师的课，一进门，就是一句“嗨，亨利”。

萨隆加老师让大家把书翻到第120页，又是一句：“第几页来着，亨利？”

下课铃响了，再加一句：“你周末都干什么啦，亨利？”

“大家都不这么叫我。”芬奇终于忍不住了。他的下巴微微抽搐，一边收拾书本一边说道。他已经尽可能礼貌地回答了她的所有问题，可如果她还是执意叫他“亨利”，就说不好会发生什么了。

“我知道，”阿曼达笑着说，“我只是喜欢叫你‘亨利’。”

弗恩忍着笑，把《捕兽人》装进书包，然后开口了：“阿曼达，你有昵称吗？”

阿曼达扬起眉毛：“我？噢，我爸爸有时候叫我‘曼蒂’。”

弗恩拍拍芬奇的胳膊：“亨利，曼蒂，挺押韵的嘛。”

最佳位置，留给佩妮

第三节课，萨隆加老师的课开始时，卡什已经拿到了帕克镇中学大部分风云人物的签名。他一遍又一遍地回答着相同的问题——怎么了？怎么弄的？——有时候，为了让别人在特别的位置签名，他还得忍着疼扭动胳膊。不过这是值得的。签名很多，但那个最佳的位置，一直给佩妮留着呢。他的计划真是天衣无缝。

她准时走进了教室。他看着她，但也没有死死盯着。他冲她笑笑，但也没有笑逐颜开。他知道她看着自己，于是抓了抓鼻尖，好让她看清整个伤势。

她把书包放下来的时候惊呼了一声，问道："怎么弄的？"

卡什耸了耸肩。自然地。"摔了一跤，撞伤了。"

"很疼吗？"

"不疼。"这是骗人的——还时不时地疼呢——但他可不能承认。

佩妮把书摆好。他等着计划如愿展开，可时间一分一秒地过去，她没再说什么。马上就要上课了，得赶在她认真听萨隆加老师讲课之前采取行动。

“你能签个名吗？”他脱口而出。递过马克笔，掉了，捡起来。“我是说，在石膏上面。”

“噢，当然可以。”佩妮笑了，鼻子上的雀斑一抖一抖的。

卡什的肚子里也翻腾得一抖一抖的。

接过马克笔的时候，他们的手指碰了一下。

他的皮肤都麻了。

他向前倾着身子，把石膏凑近她，让她隔着椅背往上面写。马克笔的墨水味儿飘在空中。

“最惨的是，我没法儿记笔记了。”

佩妮没有抬头。“你去年不是上过萨隆加老师的课吗？用旧笔记就行了吧。”

卡什清清喉咙，脖子开始发烫。

“噢，没有，”他说，“我那时上的是邓肯老师的课。”

“只是说说，”她啪的一声盖上笔帽，“好啦！”

卡什低头去看，一眼就看到了，就在他计划好的那个位置。弯曲的花体字，字母“i”上点缀着一颗爱心。从他自己的角度看过去，签名是倒着的，但还是认得出来：

佩妮 恋 查理

卡什对于中学生的浪漫短语并不熟悉，但他知道，这句话的意思是：佩妮爱恋查理。

佩妮爱恋查理，就这么写在他的胳膊上了。

“查理是谁？”卡什问道。他希望自己的声音里没有流露出失望——或者更糟的，嫉妒。

“查理·高恩啊，”她理所当然地说道，“八年级的。你知道他吗？”

查理·高恩。查理·高恩。查理·高恩。一张面孔浮现出来。棕色头发。优等生。他们没有上过同一门课，这是当然的。查理·高恩是个聪明的优秀学生，可他……嗯，卡什·纳尔逊·托马斯，留级的七年级生。

“知道，”卡什说，“应该吧。”

铃声姗姗来迟。佩妮转过身子，洗发水的香气扑进了卡什的鼻子。他缩回了座位。

用旧笔记就行了吧。

她知道他考砸了。当然知道了。在帕克镇中学，还有谁会跟自己的弟弟妹妹在同一个年级？

现在明朗了，她爱恋着查理·高恩。

查理也会在石膏上给她留位置吗？

卡什把目光从佩妮的头发上移开。他不想看了。要是她想跟优等生交往，那就去啊。他才不在乎呢。今天早上，在大厅里，他还和雷切尔·希尔有说有笑呢。那可是全校最受欢迎的女生。他不需要佩妮和她愚蠢的优等生男友。

她喜欢学习好的人，跟他有什么关系。

上学真是件蠢事。萨隆加老师让他们想象自己是宇航员，假装去探索太空。目的是什么呢？他们所有人都不会真的飞上太空的。

这到底有什么意义？

1986年1月6日，星期一

视错觉

萨隆加老师说，恒星一直都在运动。从某种角度来说，星座，其实是一种视错觉。恒星看似一动不动，但实际上它们都在高速运动着。有些倾斜着彼此靠近，有些则渐行渐远。

“我们之所以看不出来，是因为距离它们太远了。”萨隆加老师说，“但五万年之后，北斗七星就肯定不是现在的模样了。”

按照萨隆加老师的说法，这种视错觉还有很多。夜空中的某些星光甚至是不存在的。

“光的传播需要时间，”她说，“它被我们看见时，可能最初的光源已经消失了。而说到遥远的距离……”

她把之前写在黑板上的字擦掉，重新写了“哈雷彗星”。她把粉笔在两手间抛来抛去——她对某个话题特别感兴趣时就会这么做。伯德注意到，提及太空时，她抛了好几次粉笔。这种关注会传染。伯德发觉自己也开始用铅笔上的橡皮头敲笔记本了。

萨隆加老师环顾教室。

“大家知道，‘挑战者号’这次的任务之一就是观测哈雷彗星。”她顿了顿，问道，“德文特，你能告诉我们彗星是由什么组成的吗？”

德文特迟疑了一下。伯德压低声音说了句：“冰。”她连嘴唇也没动，活像个口技艺人。

“冰！”德文特说，“还有——”他郑重其事地举起食指，“尘粒。”

萨隆加老师自豪地点点头：“非常好，哈里斯。”

趁萨隆加老师转身到讲台前拿讲义，德文特冲着伯德竖了竖大拇指。

“我希望大家记住‘挑战者号’上与你们角色相应的机组成员的姓名，”萨隆加老师胳膊下夹着讲义，说道，“以及其他各位成员的姓名、头衔。你们要清楚地知道，自己需要做什么，对任务有何种贡献。这节课剩下的时间，各组就自行讨论一下吧。”

学生们立刻离开座位，在桌椅剐蹭声和趁乱闲聊的声音中，和同组成员围坐成半圆形。萨隆加老师给每人发了一份讲义。

伯德和“明星一号”的其他机组成员坐在一起，迫不及待地研究起手中的讲义。讲义上的标题是“‘挑战者号’机组成员”，每一位宇航员都配有一张照片。照片中的他们微笑着，身着统一的宇航服，头盔抱在怀里。这里面只有两位女性：教师克里斯塔·麦考夫，她的头衔是载荷专家，以及作为任务专家的朱迪斯·雷斯尼克。

伯德仔细地看了看任务专家朱迪斯·雷斯尼克。她有一头棕色的卷发，眼睛也是棕色的，脸上有些雀斑，还有酒窝。这些外貌上的特点，伯德也有。她以前从未注意到这种相似之处。可现在，两张面孔之间的界限渐渐模糊，仿佛穿着连体宇航服、抱着头盔坐在那儿的，是伯德自己。

她沉浸其中，浮想联翩，直到德文特把她拍醒——字面意义上的“拍”。

啪啪啪。“伯德，干什么呢！”

“明星一号”的机组成员全都盯着她看。

“你走神了。”德文特说。

“对不起，”伯德挪了挪身子，“我只是在琢磨朱迪斯·雷斯尼克。”

“朱迪斯·雷斯尼克是谁？”克里斯托弗问。

“任务专家中的一位。”伯德说。

“她怎么了？”德文特问。

“我觉得我跟她长得有点儿像。”伯德说着举起了讲义，宇航员们微笑着，“你们说呢？”

大家看了看照片。

“是有点儿像，”杰西卡·迪亚兹说，“但是她很漂亮。”

话轻飘飘地就说出来了。但是她很漂亮。伯德暗自念叨了一遍。但是她很漂亮。她捉住了那个词——“但是”，什么意思？

“啊，伯德，我并不是说你不漂亮，”杰西卡飞快地补救，“只是……呃……”她环顾同机组的成员们，“漂亮这种事，跟你不沾边。”她耸耸肩，仿佛就此总结陈词。

跟她不沾边？

“因为你主要是聪明嘛。”杰西卡解释道。

尴尬而紧张的气氛笼罩着他们，幸好萨隆加老师又开口了。

“航天飞机准备起飞时，宇航员们的位置是这样的。”她在黑板上画了几个圈，“驾驶舱中的1号和2号分别是斯科比和史密斯，坐在他俩后面的是鬼冢承次和雷斯尼克。其他座位在中舱，麦考夫、麦克奈尔和格里高利·杰维斯就在这里就位。大家要记清他们的姓名。”她扬起眉毛，意思是：“知道吗？”教室里的所有人都会意地点了点头。“返回着陆时，座位安排会有些调整，不过现在，大家先按照这个位置来摆桌子，面朝黑板坐好。”

伯德立刻站了起来。杰西卡的那句话还飘在耳边嗡嗡作响呢。谁也听不见，除了她。

“我是载荷专家。”杰布轻声嘀咕。伯德不知道她是在自言自语，还是在跟谁说话。“载荷专家应该坐在哪儿啊？”她问。

伯德知道答案。载荷专家都在中舱。但她不想回答。她不确定自己此时想不想要“聪明”这个标签。

大家都坐下之后，萨隆加老师在桌子之间检查了一遍。座位不再是规则的一排一排了，全班在这陌生的环境里静了下来。

“现在，”萨隆加老师从教室后面走到前面，“大家都把眼睛闭上。”

伯德照做了。

片刻之后——

“我不是开玩笑哟，马库斯——闭上眼睛。”她说。

孩子们哧哧窃笑。伯德没笑。

“好，”萨隆加老师说，“现在，想象你们不是坐在桌边，也已远离了特拉华州。你们被安全带紧紧地绑在座椅上，头顶上方就是天空，头盔已经戴好了。有没有听到什么？”

有人发出怪声，更多人笑了起来。

伯德的眼睛紧紧地闭着，所以她不知道萨隆加老师有什么反应。反正老师没有说什么，而是继续刚才的话题：“想想看，你们会听到什么？”

伯德想象中的耳机传来了噼噼啪啪的声音。是地面指挥中心，还有萨隆加老师在说话。或许萨隆加老师正身处休斯敦，和那些衬衫扣好、打着领带的男士一起工作——只不过她穿着老师的衣服：长裙、衬衫、头发用香蕉夹夹着——她凑近控制台说道：“休斯敦呼叫‘挑战者号’。任务专家托马斯，收到了吗？”

是，伯德说，收到。

“你们首先要做的是，完成升空前的一系列检查。”萨隆加老师说，“然后，你们要——闭上眼睛，迪亚兹——等待火箭最终准备工作完成。你们能听见怦怦的心跳声，心里思索着——停下，克里斯托弗，我能看见你在干什么——思索着：太空是什么模样？身处其中是什么感觉？”

升空前检查完成。

火箭最终准备工作完成。

伯德的双手抓住了座椅两侧。

她早已知道那是什么模样。从太空中看，地球就像一个明亮的、蓝色的球，在黑暗中荧荧如火，等待着她。

她也早已知道那是什么感觉。夏天，她有时会和哥哥们一起去社区游泳池。她潜入水底，尽量拉长时间，就能体会到悬浮的感觉——既不是用两只脚站着，也不是在半空中飘着。在太空中失重，就是那种感觉。

耳机又咔咔地响了。

“所有系统已启动，”萨隆加老师说，“引擎已启动。”

伯德脚下的地板隆隆作响，仿佛一头巨兽正在醒来。引擎系统，已经加压。

各种阀门开开关关，航天飞机里一通乒哩乓啷。隆隆的闷响从地板传到座椅，又传到伯德的大腿后侧。整个世界震颤着，震颤着，震颤着——伯德身体里的每一块骨头都能感受到剧烈的震颤。

“航天飞机向上升起时，你们的身体会承受更多的重力，”萨隆加老师说，“这就叫‘过载’。感受到巨大的前推力和过载带来的重力之后，突然之间你们就升上了空中。”

是的，她升空了，飞扬而去，地球上的一切都拽不住她。

“接着，你们听见火箭分离的声音在舱外响起。”

是的，伯德听见了。飞吧，飞吧。航天飞机就是她的一切。

“就这样，你们升上了太空。你们之前感受到的巨大压力——好像要把脸都按进座椅里的那种压力——全都消失了。唯一能固定住你们的，只有座椅上的带子。一切都飘浮着，包括你们自己。”

地球变得如此微小，犹如一根针，或一粒沙尘。它浑圆，蔚蓝，美丽，邈远无比。在这里，没有谁是“漂亮的”，所有人都是“漂亮的”。没有谁是“聪明的”，所有人都是“聪明的”。

离开此处，抵达彼方，你就是唯一。

收到，收到。

远处传来丹妮尔·洛根的声音。

“嗨，伯德？”她说，“明天放学后，你要不要来我家玩儿呀？咱们一起走着回去就好。唔，你愿意吗？”

伯德睁开眼睛。只有她还坐在座位上。其他人——包括丹妮——都早已把桌椅摆回了原位，纷纷离开教室，准备去上下一节课了。铃声什么时候响的？她竟然没听见。

杰西卡的那句话还悬在半空，而伯德自己也飘然如在梦中。她是任务专家托马斯，刚随“挑战者号”航天飞机返回，这种时候谁还能去想别的事？

显然，别人都能。

教室没变，教室里的人也没变。他们在她四周走动如常，仿佛她刚才也不曾闭上眼睛，迷失在另一个世界里。

伯德站起来，把桌椅推回原处。椅子腿摩擦油毡的声音把她拖回了帕克镇中学冰冷坚硬的地面。

“如果你不想去，也没关系。”丹妮说。

“什么没关系？”伯德问。

“我刚才问你想不想来我家玩呀。”

“噢。”伯德说。

难道她还停留在另一个星系吗？上中学以来，这可是第一次有人邀请她去家里做客。她的朋友仅限于校园，吃午饭坐在哪儿，也仅凭心情。她没有“最好的朋友”。她不去别人家过夜。她只是伯德。

可是，如果她能身在特拉华州帕克镇而心在“挑战者号”，能坐在朱迪斯·雷斯尼克身旁飞向太空，那么，她也能被火箭送到丹妮尔·洛根家去。

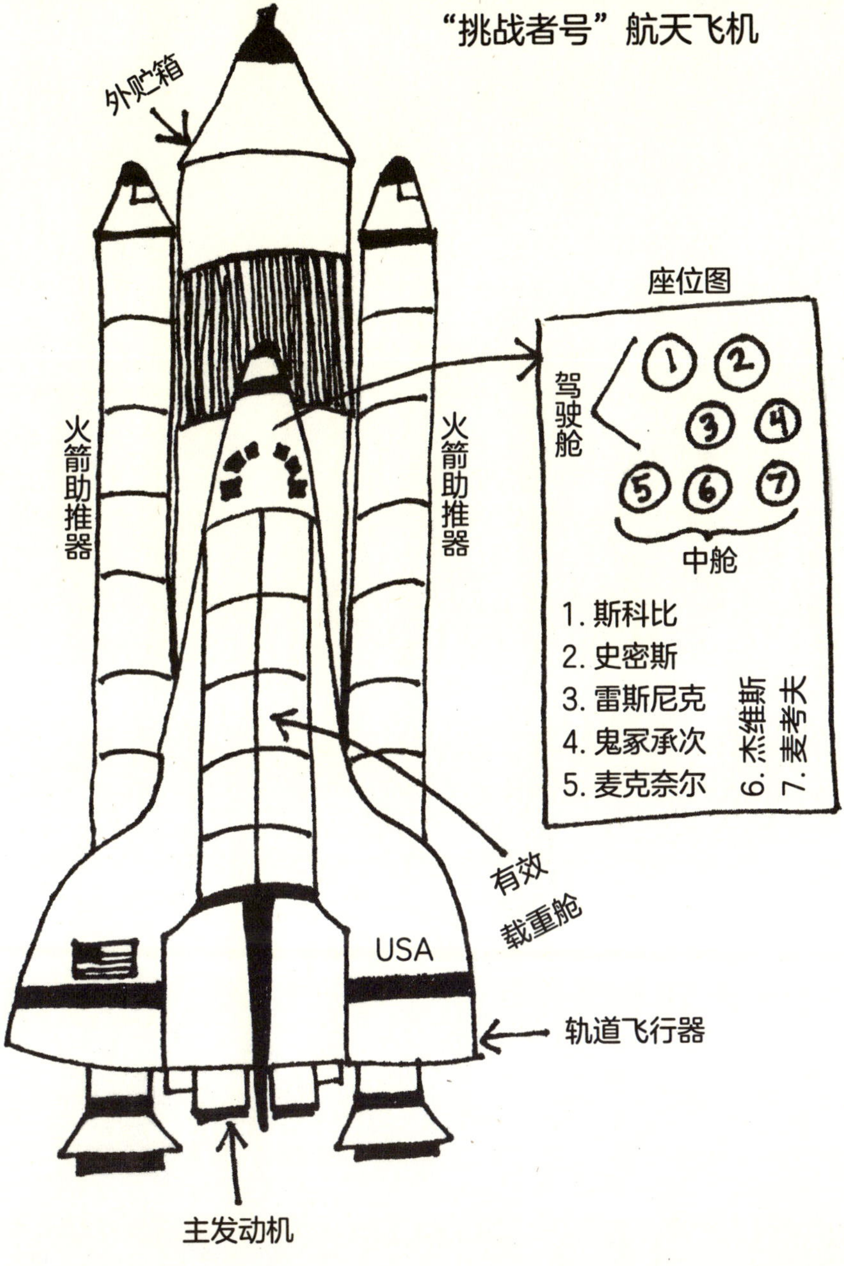

"挑战者号"航天飞机
外贮箱
火箭助推器
火箭助推器
座位图
驾驶舱
1
2
3
4
5
6
7
中舱
1. 斯科比
2. 史密斯
3. 雷斯尼克
4. 鬼冢承次
5. 麦克奈尔
6. 杰维斯
7. 麦考夫
有效载重舱
USA
轨道飞行器
主发动机

1986年1月7日，星期二

洛根家也是机器

如果让伯德对自家的气味做出形容，她会说，那是书架上尘封已久的旧平装书的气味。有时候是炉子上滋滋响的绞牛肉味儿，因为纳尔逊·托马斯太太做菜常常会用到绞牛肉。

丹妮尔·洛根家就没有这些气味。

她家里的一切都大不一样，包括藏备用钥匙的地方。在伯德看来，这个藏法儿真是太机智了。纳尔逊·托马斯家的备用钥匙藏在信箱里——这可不是什么保险的地方——而洛根家的备用钥匙藏在磁吸式可拆卸门环里。

伯德把鞋子脱下来，整整齐齐地摆在门边，小心翼翼地大气也不敢喘——丹妮翻着白眼解释说，这是“家里的规矩”——然后她才跟着新朋友走进屋里。

没有需要躲闪的杂物堆，没有地雷般散落的球鞋凉鞋。过道里没有洗衣篮。空间十分疏朗，伯德都能感觉到空气在流动。

“咱们去厨房吧。大吃特吃！”丹妮说。

大吃特吃。

伯纳黛特，垃圾食品迟早会转化为肥肉。每当伯德想吃点儿零食，妈妈就会这样告诫她。如果她问为什么哥哥们就能随便吃，妈妈早有话等着呢：他们需要吃，男孩子正长身体。

丹妮从食品柜里拿了“奇多”和“多力多滋”，让伯德跟着自己去客厅。她一屁股在地毯上坐下，把零食袋子堆在了茶几上。

伯德在她旁边坐下了。

“本来不准在客厅吃东西的，”丹妮说，“可是……”她耸耸肩，把“多力多滋”往嘴里塞。

伯德环顾四周。这么多空空的地方。这么多可以移动的地方。人待在这儿会很舒服。餐桌后面有一扇玻璃拉门，外面是栅栏围起来的院子。托马斯家也有院子，但谁也不去，只有托马斯先生去除草——不过按托马斯太太的说法，他除草也不怎么及时。

在栅栏前面，有一棵很大的树，树干上固定着一架梯子。梯级有的断了，有的歪了。伯德没看见树屋，但这梯子肯定是通向什么地方的。

“那儿是有个树屋吗？”她问。

丹妮看看外面。“啊，是的，以前有。我爸爸很久以前搭的，不过大部分都塌了，现在只剩下一些木头钉在上面了。”

“我一直都想要个树屋。”伯德说。

“我也是，”丹妮说，“所以我爸爸就搭了一个。”

伯德想象着那种感觉——想要什么，就得到什么，尤其是树屋这样的东西。在今天之前，她一直认为树屋是只存在于书中或电视中的。是某种视错觉，就像萨隆加老师讲的那些星座。

墙上挂着丹妮和父母的照片。其中的一张很大，镶在框子里，挂在电视上方；他们穿着颜色相衬的衣服，面向镜头，笑得很开心。伯德不记得上一次站在爸爸妈妈和哥哥们身边是什么时候——拍合影，或者一起做什么事。

丹妮循着她的目光看过去。

“我没有兄弟姐妹，家里就我一个小孩，”她说，“有双胞胎哥哥多酷啊，不是吗？”见伯德没回答，她又说：“不过我有只猫。”

伯德立刻来了兴趣：“真的？”

“对呀。它叫契科夫。它有时候有点儿害羞，但应该就在附近躲着呢。”丹妮伸长脖子，亲昵地叫道：“契科夫！契科夫！”她往嘴里丢了块薯片。咯吱，咯吱。“其实，它的全名是‘契科夫·斯科特·麦考伊’，因为我们当时拿不定主意。我想叫它‘契科夫’，我爸爸喜欢‘麦考伊’，我妈妈提议‘斯科特’。从收容所回家的路上，我们仨一直在讨论这事，后来妈妈说大家应该求同存异，三个名字都用。”

求同存异。伯德的父母吵架时，其中一个总会离开一阵子。有一次，妈妈甚至彻夜都没回家。显然，他们从来不懂得“求同存异”，每次吵架都是老生常谈。

丹妮尔·洛根的世界也太棒了吧。树屋，求同存异。

“给小猫起这个名字真好玩儿。”伯德说。

“都是《星际迷航》里的人物，”丹妮吃到一半停了下来，“你可别告诉我你没看过《可汗怒吼》。”

“没看过，我哥应该看过吧。”伯德耸耸肩。

“你肯定会喜欢的！是太空里的故事！太空啊，伯德！在太空的群星间遨游！”

“又不是真的。”

这下轮到丹妮耸肩了：“要真的干什么？我们已经天天待在真实世界里了。”

伯德没接茬。

咯吱，咯吱。

“你们讨论的时候吵起来了吗？”伯德问。

“什么？噢，没有啊。也不是真正的讨论啦，大多是闹着玩儿。”丹妮又拿了一块“多力多滋”，“不过最后还是我赢了，因为契科夫是名字，所以平时都这么叫它。”她站起来问：“你想喝汽水吗？”

“好啊。”伯德说。丹妮去了厨房，她则继续盯着洛根的全家福。

“‘新奇士’还是低卡可乐？”丹妮大声问。

伯德在家里从来不喝汽水，要喝也只喝无糖的。糖太多。热量太高。长大发胖徒伤悲。

“新奇士。”伯德说。

洛根的全家福让伯德想起了“挑战者号”宇航员的照片。她也弄不清这二者之间有什么联系。她突然想到了朱迪斯·雷斯尼克。

丹妮拿着汽水回来了，又叫了几声契科夫。

“它是个小怪猫，”丹妮说，“只有确认四周安全的时候才肯出来。”

伯德吸了一大口“新奇士”。“可以理解。”她说。

1986年1月7日，星期二

轨迹球

不是所有玩家都能玩转轨迹球。轨迹球笨重，变化莫测，很难控制。操纵杆就简单得多。操纵杆只能以特定的方式运动。左右拽，前后拽。但轨迹球呢？它对最轻微的移动都有反应，要是一下子滑得太远，“大浩劫”就玩不下去了。想玩好“大浩劫”，就得同时控制好轨迹球和两个按钮：一个负责射击和躲闪，一个用来激活护盾——一条命只能用一次。除了“大浩劫”，“弹子巫师”只有“飞弹指挥官”和“蜈蚣”是用轨迹球的，一直都没有谁打得特别好。

芬奇总是忍不住要反驳弗恩那样的论调。好多人认为“大浩劫”比不上其他游戏——不管用不用轨迹球——但芬奇对自己的漂亮积分缄口不言，就像守着一个小秘密。用不着吹牛。用不着炫耀——弗恩就总是显摆自己玩“星战”和“大金刚”有多棒。人们一旦知道你擅长什么，就会对你有所期待。活在一个没有期待的世界里，芬奇觉得很快活。

然而，不知道为什么，当他躲在“大浩劫”的星系中玩到最高分时，他却意外地邀请到了一位伙伴进入他原本孤独的虫洞。

当时，芬奇的“大浩劫”“死掉”了，正要冲着游戏机拳打脚踢、破口大骂，这个人出现了。

“你玩儿得真棒！”

芬奇猛地转过身去。在恼怒和肾上腺素的作用下，他的身体热烘烘的。

面前的男孩大约八九岁。芬奇立刻认出，他就是上个星期在投篮游戏那儿浪费了不少硬币的笨蛋。他穿着一件皱皱巴巴的T恤，上面印着E.T.图案。芬奇突然想起，全家人上一次去电影院，看的就是《E.T.外星人》。伯德和妈妈看到最后都哭了，芬奇也有点儿想哭，但卡什和爸爸一滴眼泪也没掉，所以他也忍住了。

“你玩儿得真棒。”男孩又说了一遍。他戴着一副粗框眼镜，眼镜从鼻子上滑下来时，他就用拇指的关节往上推推。

“谢谢。”芬奇咕哝道。

“那个游戏很难，”男孩说，“我从没见谁得过这么高的分。”

“大多数人觉得难就放弃了。”芬奇把手伸进口袋。他知道硬币已经花光了，但还是把手伸进了口袋。他心中有一个小小的、明知没有可能的期待，那就是从牛仔裤的凹缝里摸到一枚倔强的硬币。这当然从没发生过。要是真能摸到一枚被遗忘的硬币，他早就自己开上战斗机飞走了。

“我刚从新泽西搬来，我家后面的游戏厅里没有‘大浩劫’，”男孩说，“第一次来的时候我就试着玩儿过这个，可是没两秒钟就‘死’了。轨迹球太难掌握了。不过‘蜈蚣’我玩儿得还行。”他把眼镜往上一推，说：“我叫马歇尔，大家叫我小马。”

芬奇伸着脖子看了看四周。

“你有空时能教教我吗？”小马问。

哦。唔。

“嗯？”芬奇往后退了一步。他可不想要一个八岁的跟屁虫。

“教教我怎么玩儿，什么时候都行，”小马耸了耸肩，“我挺想学的。”

突然，有个声音从远处扑过来了。

“芬奇·纳尔逊·托马斯！邪恶的瓦克斯大魔王！”

是弗恩。他明知道“大浩劫”里最惹人憎恶的是瓦克斯帝国，却执意要用这么荒谬的方式一再提起。

小马循声望去，就看见弗恩大步流星地往这边走，手里还拿着一包油腻腻的爆米花。欣德利先生时不时地就会启动他那台老式爆米花机，免费派送。

弗恩一边舔着手指上的黄油，一边用胳膊肘戳戳芬奇。

“嗨，亨利，终于跟同龄人一起玩儿啦？嗯？”他冲着小马努努嘴，大笑起来。

小马没理他，只是推推眼镜说：“回头见。”

“嗯，”芬奇不在意地应道，“回头见。”

小马一走远，弗恩就说：“那个小孩儿的眼镜能预示未来吧，说不定能看见新世纪呢！”

“你爱说什么就说吧，”芬奇说，“我要回家了，除非你想替我投币。”

“没门儿，”弗恩压低声音说，“我还要去玩‘吃豆小精灵’呢。”

“‘吃豆小精灵’？你这辈子都没玩过‘吃豆人’吧，更别提什么‘小精灵’了。”

“因为有一位特别人士此刻正在玩‘吃豆小精灵’，所以我就史无前例地特别想成为游戏里的小球或者小精灵。”

芬奇和弗恩一前一后地迈了几步，故作不经意地看向“吃豆小精灵”那边，只见雷切尔·希尔站在操纵杆前，两个杰西卡陪在左右，都扎着歪马尾和蝴蝶结。芬奇看了看记分牌。还不错。

“我的机会来了。”弗恩嚼着爆米花说。

“什么机会？”

“出招儿的机会啊。不然呢？”

“你？”芬奇大笑——嘎嘣脆的一个“哈！”，“你要追雷切尔？”

弗恩咽下爆米花，嘴唇上闪着油光：“对啊。不行吗？”

芬奇叹了口气，看见小马静悄悄地朝着雷切尔她们走过去了。他一动不动地站着，眼睛盯着屏幕，看着雷切尔在迷宫中穿梭，吃掉小球，追逐小鬼。

“我说，亨利，”弗恩说，“可不是人人都像你那么幸运，能跟大笨鸟两情相悦啊。”

一股电流掠过芬奇的胳膊。很难形容，出人意料，但说时迟那时快，像闪电似的，就那么发生了。仿佛点燃一根火柴，而这根火柴深植于他的骨骼。火花催着他去抓弗恩的衬衫，拧成一团之后塞在他的下巴底下；或是朝着他的肚子挥拳，瞄准那些爆米花此刻的所在；或是把他摁在游戏机上——离得最近的“防卫者”或“爆破彗星”——然后告诉他，咬牙切齿地告诉他，要是再敢胡说八道，他一定把他修理得说不出话。

火花从骨髓烧到了皮肤，但芬奇没有付诸行动，而是把手藏在口袋里，紧紧捏着拳头，让它们躲得更深些，躲到安全的地方去。

“那就祝你好运吧。”芬奇满不在乎地说道，仿佛那火花根本没出现过，“我要走了。回头跟我说说进展。不过你可得当心点儿，有竞争对手呢。”

晚安，伯德

那天晚上，伯德躺在床上，思考着“聪明”而“不漂亮”到底是什么意思。

朱迪斯·雷斯尼克呢？杰西卡说朱迪斯·雷斯尼克“很漂亮”，但她可是真正的宇航员，所以必定也很聪明。杰西卡会怎么解释呢？

伯德叹了口气。她总是来不及反应，总是事后才想到该说什么。

再说，她怎么在意起“漂亮”了呢？上小学时她可不关心这个。去年也没什么感觉。现在怎么琢磨起来没完了呢？

伯德知道，妈妈很在意“漂亮”，可托马斯太太却常常提醒大家“外表不重要”。“漂亮”到底重要不重要？丹妮想过这些吗？萨隆加老师呢？任务专家朱迪斯·雷斯尼克呢？

伯德冲着天花板眨眨眼睛。她想象着朱迪斯·雷斯尼克一边收集哈雷彗星的信息，一边为自己的外表发愁。给我把梳子好吗？我这头发乱糟糟的，怎么工作啊？

没有意义。

对吗？

“真想亲口问问你。”伯德喃喃道。

她闭上眼睛，想好了想问的问题，想象着这个问题在大气层中穿梭，随着看不见的气流，从特拉华州到了得克萨斯州，然后落在朱迪斯·雷斯尼克的耳畔。

伯德：只占一样就没有意义，是吗？

朱迪斯的话同样跋山涉水地传了回来。

朱迪斯·雷斯尼克：不，不是的。晚安，伯德。

伯德：晚安。

1986年1月8日，星期三

你好啊，阿曼达

“怎么样？”第一节是科学课，芬奇一看见弗恩走进教室就问他。

弗恩一边走一边用手指头拍古龙水，闻起来一股汗味。

“什么怎么样？”

等弗恩坐下，芬奇就转过身问道：“你跟她说上话了吗？”

“嘘！”弗恩看看前面。其实他们都知道，雷切尔还没来。

“说没说啊？”

弗恩拉开书包拉链，掏出课本。“没说成，”他说，“我本来要搭话的，可你那个小伙计就是不住嘴。”

“什么小伙计？”

“就是那个啊。”弗恩模仿着小马推眼镜的动作，“小马不停地问东问西，没完没了。”

“问什么？”

“‘吃豆小精灵’呗。各种各样的问题。每分钟能问二十个。简直是——”他停下了，眼神直往旁边瞟，嘴角往上一挑。

芬奇立刻就知道是谁来了。

“噢，你好啊，阿曼达。”弗恩说。

芬奇没往那边看，也没动。但他听见她坐下了，听见她摆好了书。他死死地盯着弗恩的脸，无声无息地警告他：别瞎说。

“我正跟芬奇——呃，不，是亨利——我们正在聊‘吃豆小精灵’。”弗恩说。

“哦，是吗？”阿曼达微微一笑，“我连第一关都过不了。”

“那个黄色的小球真狡猾啊，”弗恩暗暗踢了踢好哥们儿的脚，“是不是啊，亨利？”

“是啊，”芬奇干巴巴地说，“狡猾。”

“阿曼达，你去过‘老厅’吗？”弗恩问道。

不会吧。就算弗恩颠三倒四的，也不会这么做吧。邀请阿曼达·派珀放学后跟他们一起玩？

会吗？

芬奇心里七上八下的。

他深深吸气。

再长长呼气。

“没去过。”阿曼达说，“就算去了，我也只会玩‘跳方块’之类的。我不太擅长这些。噢，对了！我喜欢‘青蛙过河’。我玩‘青蛙过河’能过好多关。”

“‘青蛙过河’，”弗恩点点头，“那个游戏挺好的。是吧，亨利？”

芬奇仍然背对着阿曼达，瞪着弗恩。要是动一动，他说不定会大爆发，就像《绝地归来》里的“死星”或《大白鲨》里的鲨鱼。他浑身上下的细胞都绷紧了。要是弗恩真的敢邀请阿曼达去“老厅”，他不知道自己会做出什么反应。

“是啊。”芬奇应道。其实他早就忘了问题是什么。

他僵在那儿，整整三秒钟动弹不得，直到安德莉亚·布鲁门萨尔突然拍拍阿曼达，问了她什么事。趁阿曼达跟别人说话，芬奇小声地警告弗恩：你要是敢邀请她去“老厅”，以后这辈子你都是我的死敌。

也不全是开玩笑。

“哎呀，拜托，”弗恩说，“我又不傻。我和你一样懒得搭理楚巴卡。放学之后我得操心更重要的事，比如怎样把自己变成黄色小球，好让‘吃豆小精灵’一口吞下。”他扬起眉毛努努嘴。雷切尔·希尔跑进教室，像往常一样，最后一个到。

可阿曼达还是出现了。芬奇完全忘记了早上的对话，看见阿曼达的时候他正站在弗恩旁边。弗恩玩着“鸵鸟骑士”，芬奇则只有看的份儿，因为硬币已经花光了。要是他在玩“大浩劫”，可能就不会看见她，而她也就不好意思打扰他——毕竟，玩游戏的人是没法儿好好聊天的；连小马那样的小屁孩儿都懂。然而屋漏偏逢连夜雨，阿曼达往抓娃娃机那儿走的时候，芬奇碰巧跟她对上了眼神。

芬奇压低声音骂了一句。

“怎么了？”弗恩目不斜视地问。

“阿曼达来了。”他悄悄说道。

弗恩只剩下一条命了，根本不愿意往别处看，只是抓了抓鼻子。

“楚巴卡？”他说。

芬奇已经忙不迭地闪开了目光，但阿曼达还是往他们这边走过来了。

都怪弗恩。都怪他口没遮拦地提什么“老厅”，现在她真来了。弗恩怎么就不能闭嘴呢？阿曼达每走一步，芬奇的皮肤就热一度。她冲他微笑。她怎么总是笑？难道他的暗示，她就看不懂？

“嗨，亨利。”她招招手。

她停在他旁边，身上有股泡泡糖的气味，但看起来并没有嚼着什么。

“嗨，弗恩。”她又说。

“嗨。”弗恩咕哝了一句。他正忙着，不想多说。一时只能听见收集鸵鸟蛋和翅膀打架的数字音效。

“看起来很难哪，”阿曼达说，“而且，既然叫‘骑士’，怎么不骑马呢？”她和芬奇看着弗恩操纵噼噼啪啪的翅膀。“哎呀，小心那个家伙！啊啊啊！当心左边！左边！”

芬奇一肚子火，很想叫她安静点儿。难道她不懂吗？别掺和别人的游戏，指手画脚的，尤其是自己根本就不会玩儿。但这会儿也不用说了，因为就在阿曼达喊到第四次“小心”的时候，弗恩的最后一只鸵鸟也“死”了。他从游戏机前走开，沮丧地举起双手，再重重垂下。

“好哇，”弗恩说，“好极了。”

“好什么呀，都‘死’了。”阿曼达说。她竟然好意思不高兴。

她把手插进口袋里说：“现在要玩什么呢？试试‘快乐投球’？”

“‘快乐投球’吧。”弗恩说，仿佛她的建议是写篇研究论文。

他们从来不玩“快乐投球”“桌上冰球”这种体育游戏。他们是纯纯粹粹的电子游戏玩家，难道她不知道？

阿曼达从口袋里掏出一大把硬币：“我有钱。”

芬奇的脑海里立刻冒出一个丑陋的念头：一把打飞她手里的钱，然后捡起来，去玩儿自己想玩儿的游戏。

“不用了，谢谢。”弗恩的眼睛正盯着别的什么。确切地说，是一个人。雷切尔·希尔和她的跟班——杰西卡·迪亚兹、杰西卡·布兰特利——正坐在那儿玩儿“吃豆小精灵”。

弗恩用指尖拨了拨头发。

“雷切尔也来了啊。”阿曼达说。

她的声音里有一种奇怪的意味。不是嫉妒，肯定不是。但到底是什么，芬奇还摸不着头脑。

“嗯，这跟你们俩出来玩儿可不一样。”弗恩嬉皮笑脸地说道。

不等阿曼达回答，他就让芬奇祝他好运，然后就走了。芬奇和阿曼达尴尬地站着，什么也说不出来。阿曼达把硬币装回口袋，芬奇看见弗恩凑到小马身边，嘀咕了几句。小马往这边看看，也悄悄地说了些什么——看起来像是问问题——但弗恩不理他，只管把他往前推。

芬奇的心怦怦直跳。他希望阿曼达赶快离开这儿，好让他恢复正常生活，可她就是站着不走。

一群孩子拥上来要玩儿“鸵鸟骑士”，芬奇和阿曼达只好挪了挪，让开地方。小马走过来了，其他小孩冲他嚷嚷“小马！小马！”，他也不理睬。

“嗨，”小马推推眼镜，“你的朋友让我来救你，但我不知道有什么可救的。”他看看阿曼达，对她说：“你好，我是小马。”

“你好。”

芬奇的心跳很快。扑通，扑通，扑通。

“你脸红了，亨利。”阿曼达说。

好像这还不够丢人似的，她竟然咯咯笑了起来。

这一刻，芬奇可真的有点儿恨她了。

妈妈经常说，“恨”是一个力道很大、丑陋不堪的字眼，只有在真正想说的时候才能说。她还补充说，那种情况“并不常见”。可是在这一刻——就在这个当下——芬奇觉得自己恨阿曼达·派珀。她为什么要说他脸红了？谁会大喇喇地说这种话？他当然知道自己脸红了。所有人都看得见。而现在，因为她大嘴巴叭叭叭，他的脸更红了。

他清了清喉咙：“我先走了。”

让小男孩陪她玩儿吧。

芬奇不自在地走开了。他想去爆米花机那儿看看，自然而然地就去了。这个时候，爆米花就像是地球上最高贵的食物。

芬奇本以为阿曼达会跟过来，但没想到，跟过来的是小马。

他加快了步子。他只是想安安静静地打会儿游戏。主厅是他的地盘。他仅有的地盘。

芬奇先闻到了爆米花的香味，然后看见——一堆一堆的刚爆出来的爆米花。他抓起一只空袋子。

“这东西我能吃一百袋。”小马在后面说道。他打开袋子，伸手拿了铲子，铲起爆米花往里装。爆米花掉在脚边，不一会儿就堆了几十颗。

欣德利先生正巧经过，他两手各拿着一包硬币，和气地对他们点点头，就往办公室走。

“你掉了不少，小马。”他说。

“我留着当点心吃呢，欣德利先生。”小马答道。

雷切尔·希尔过来了，她走在前面，两个杰西卡跟在后面，马尾辫在肩上甩来甩去。

“嗨，”她尖声尖气地说着，指了指爆米花机，“我们是来拿爆米花的。”

“哦。”芬奇往旁边让了让。

“‘吃豆小精灵’玩儿得怎么样？”小马嘴里鼓鼓囊囊地

嚼着问。

“今天玩儿得不好。”雷切尔答道。她抽出袋子，小心翼翼地往里面装爆米花，然后看着芬奇说：“阿曼达人很好。”

芬奇一愣。他没理解她的意思，也不明白她为什么跟他说这个。阿曼达人很好？什么意思？

“哦。”他说。他一时间只能挤出这一个字。身上的汗毛和汗珠突然变得突兀，每一根每一滴他都能感觉到。雷切尔她们看着他，好像洞悉了一些他不知道的事情。

“你们真是可爱的一对。”雷切尔说。她笑了，真诚地、善意地笑了。没有任何阴阳怪气，她说出来的，就是她想说的。

她往嘴里丢了一颗爆米花：“回头见。”

女孩们转过身，叽叽喳喳地走了，芬奇则站在原地无法动弹。

可爱的一对？

可爱的一对？

“阿曼达是谁？”小马把爆米花塞进嘴里，“刚才站在你旁边的那个女生？”

芬奇暗自叫苦：“对。”

“我不知道她是你女朋友。”

“她不是，”芬奇说，“你就不能找同龄人玩儿去吗？”

小马瞥了一眼刚才叫他“小马”的那群小孩，他们正围着抓娃娃机。

小马还没回答，芬奇就拔腿走了。

他仿佛还能听见那句话。不停地重复。没完没了。

你们真是可爱的一对。你们真是可爱的一对。你们真是可爱的一对。

真是够了。

1986年1月11日，星期六

不择手段

胳膊很痒。石膏很臭。上面还有马克笔写的“佩妮 恋查理”。简而言之，这真是卡什一生中的至暗时刻。

想把整个石膏一把扯掉的冲动怎么也忍不住了，可他能怎么办呢。在接下来的几个星期里，他还是得与铁丝衣架和烂水果般的臭味共处。

不过，至少还有比赛可以期待。爸爸叫了一份比萨外卖，狭窄的客厅暂时划定为球赛禁区——谁也不能闯进来抢遥控器，改看那些傻乎乎的玩意儿，比如《明日之星》《活着就是事实》——J博士和查尔斯·巴克利将带领球队大胜底特律活塞队。

卡什和爸爸占领了沙发。芬奇闷在房间里，放着音乐。伯德四处转悠，忙着她的新图纸。托马斯太太舒服地窝在床上看着一本书。每个人都按照自己的轨道运行着。

应该是个不错的夜晚。

“最后的比分，”爸爸捏着玉米片指向卡什，“来吧，猜猜。”

“120比115。”卡什说。

每次他们一起看比赛都会这样。但迄今为止，谁都没猜对过。

第一节结束时，活塞队以27比15领先。第二节才打到一半，玉米片就吃光了。这时，伯德拿着笔记本从过道另一边转了出来。她穿着冬天的外套，戴着帽子、手套，打开了前门。于是托马斯先生问她要去哪里。他目不转睛地盯着屏幕——查尔斯·巴克利正准备投篮。

“去外面看看星座。”伯德说。

见没人接茬，她走了出去，带上了门。夜晚的冷气扑进客厅，冻得人一凛。

“星座啊。”托马斯先生喃喃道。

卡什什么也没说。萨隆加老师关于恒星和宇宙的那些话也吸引了他，可一走出教室，兴趣的火花就全都消失了。那一点点兴趣，还不足以支撑他哆哆嗦嗦地捧着笔记本在外面干坐。反正，他也写不出什么。

他拿起铁丝衣架，伸进石膏里，戳了戳。

“呃，唔……爸爸……”他清清喉咙。和爸爸一起看J博士打比赛是他最喜欢做的事。这让他感觉，他们俩人是一个小团队。

“我能问你件事吗？”他说。

巴克利没投中。托马斯先生叨叨了一句。

“当然。”他仍然专注地盯着比赛。

“好，就是……”卡什在脑袋里组织着语言。他本来想跟贾斯汀或肯尼聊聊，但开不了口——太尴尬了。现在嘛，好像也一样尴尬。“呃……不知道怎么说。算了。”

“说吧，想问就问啊。”

“嗯……”卡什顿了顿，“有一个女孩……”

托马斯先生坐直了。“噢。”他说。他调低音量，正视着儿子。

最简单的礼物之一，就是目光交流，萨隆加老师曾经这么说过。当时，卡什正低头看着笔记本，嗫嚅着回答问题——当然，肯定是没答对。人们需要被注视、被关心的感觉。

卡什突然觉得自己像是没遮没挡地陈列在客厅里。电视的声音小了，芬奇屋里的音乐声就显得大了。

“呃，就是，”卡什说，“是我们学校里的女生。我……我也说不清。我觉得我……可能有点儿喜欢她。”

托马斯先生扬起眉毛：“是吗？”

“嗯，可是……”他窘得脖颈都发烫了。但既然已经说出来了，就收不回去了。

“可是她喜欢别人。”

“那个人是你的朋友吗？”

电视里，摩西·马龙站在罚球线后，准备罚球。

卡什咽了口唾沫。“不是。他是那种……”卡什搜寻着合适的词，得让爸爸听明白才行，“那种……书呆子。”

“这样啊。”托马斯先生眯起眼睛，“卡什，我跟你讲讲啊。我们年轻的时候，你妈妈是帕克镇中学的校花。受欢迎，古灵精怪，还是啦啦队长。足球比赛的时候，她可是站在金字塔尖的那个。”他做出向上举的动作，仿佛那儿真的站着个啦啦队长。“所有人都盯着她看，所有人都要问：‘那姑娘是谁？’”

卡什从没想过妈妈以前竟然是站在金字塔尖的校花。他试着想象那个画面，但怎么也想不出来，或者他根本不愿意想出来。

“我看着她，就想啊，我一定得追到这个姑娘。可其他人也有同样的想法，那我就得好好谋划一番了。”

“怎么谋划？”

“想尽办法打败所有人呗。”爸爸咧嘴一笑，“爱情和战争是不择手段的，对吧？”

他伸出手，示意卡什击掌赞同。卡什照做了。但他并不完全明白爸爸的意思。

“冒险由你选”

芬奇不喜欢调低音乐的音量。他把录音机的音量调到4——音量够大，让他得以独享一个音乐包裹的真空，又不太大，不至于惹得父母敲门抗议，让他“小点声”或是“也尊重尊重别人”。

对他来说，敲门声已经成了一种刺激。他一听见就会怒不可遏。比如现在就是。

“干什么？”他冲着紧闭的屋门大嚷。

他正盘腿坐在地上，挨着立体声喇叭，一边听AC/DC乐队嘶吼，一边看“冒险由你选”系列里的《太空与超越》。是弗恩让他借的。

伯德往屋里探头的时候，他正看到第12页，琢磨着是和舱外的外星人搏斗呢，还是自愿跟着他们走。他本能地想要大打一架，可是，万一那些外星人没有恶意，不就误伤无辜了？

反过来说，万一他们是坏蛋呢？

芬奇关掉了音乐。

“嗨，”伯德胳膊底下夹着个笔记本，问道，“想不想跟我出去看看星座？”

有一段时间，他俩干什么都黏在一起。在街上赛跑啦，捉迷藏啦，有一次甚至想试试读心术，因为据说双胞胎都是心有灵犀的。他们面对面坐着，紧紧闭上眼睛，用心灵感受对方。反正，至少试过了。如今，伯德的脑袋里装了太多奇奇怪怪的东西，兄妹俩之间的联结——双胞胎独有的那种——不知不觉地淡化了。不知道为什么，也不知道从何时开始的。

芬奇立刻就想答应她。

他想起了最近科学课上的“神游”——萨隆加老师让他们闭着眼睛，在想象出来的航天飞机上玩任务游戏。其实他和伯德也曾玩过类似的游戏。他们从厨房里拖来椅子，紧闭眼睛坐着，伯德一直念叨着“别偷看，别偷看”。

不过这会儿外面可冷了。

夜里又很安静。

太静了。

“不了吧。”他说。

伯德走了，他重新打开了音乐。

他还是选择和外星人大打一架。他赢了，却飘浮在外太空，失去了获救的机会。最终还是没能真正胜利。

他把书扔在角落里的脏衣服堆上。要不去外面看看星座吧。不然还有什么别的事可做?

他关掉录音机，蹬上运动鞋，走进了客厅。他本以为会听到球赛的吵闹声音，夹杂着爸爸和哥哥的大呼小叫。但没想到，他们调低了音量，轻声细语地聊着，还击了掌，仿佛刚谈成一桩生意。

芬奇很想知道他们在聊什么。

“你去哪儿？”托马斯先生问。

芬奇从衣架上取下外套穿上。爸爸已经把音量调回去继续看比赛了，于是他只说了句：“去外面。”

伯德坐在“科沃兹”的引擎盖上，向后倚着风挡玻璃，笔记本放在腿上，但是什么也没写。她只是仰望着。

“嗨。”芬奇说。

真冷。可以说是彻骨的寒冷了。他也爬上了引擎盖——

小心翼翼地，要是撞出个坑，可就天无宁日了——坐在伯德旁边，倚着玻璃。不出意料，这儿很安静。客厅的另一个窗户传来球赛的声音，闷闷的，像是来自另一个星系。

整条街上都很安静，不过各家各户的客厅和厨房的窗户里都透出了灯光。芬奇想知道别人家里都在做些什么。

“带条毯子躺在后院多好，”芬奇说，“就不用躺在车子上面了。”

伯德没有说话。

夜空里的星星比想象中亮。他已经记不起上一次无所事事地仰望星空是什么时候了。萨隆加老师说，很多星星其实都比太阳大，但从地球上望去，就显得很小很小。

芬奇想到了刚才的那本书。外星人。在邈远太空中飘浮。

“你说，别的星球上有生命吗？”他问。一说话嘴里就冒出了白色的雾气，听到自己干干净净的声音——没有音乐，没有“大浩劫”，没有别人呛火——这感觉真怪。

“我觉得有，”伯德说，“你觉得呢？”

“不知道。”

“总有一天会知道的。或许就在不久的将来。”她顿了顿，又说，“或许，找到答案的人，是我呢。”

“你？你怎么能行？”

“我要当一名宇航员，就像朱迪斯·雷斯尼克那样。然后NASA就会派我去调查真相了。”

“朱迪斯……什么？”

伯德转过头对他说：“朱迪斯·雷斯尼克。‘挑战者号’上的任务专家。”

这个名字以前没怎么听到过。不过从伯德的语气中听得出来，萨隆加老师的课上讨论过这位朱迪斯什么什么，所以他理所当然就该知道。

“但我不想当任务专家，”伯德凝望着天空，继续说道，“我要当首位女性航天飞机指令长。”

“航天飞机指令长，”芬奇重复了一遍，“听起来真酷啊！”

“对呀，我要为整个航天飞机负责呢。”

上方悬着数不清的星星，芬奇突然间感觉到了自己的渺小。

“我刚才就负责一艘太空舱，跟一群长得像阿米巴原虫的外星人打了一架，然后就飘浮在外太空，回不去了。”

“这是什么游戏里的吗？”

“不是，是《太空与超越》里的。‘冒险由你选’里的一本。”

他的鼻子摸起来像小冰块，手指尖也冻麻了。

“你不冷吗？”他问。

“有点儿，不过我戴了帽子和手套。”她说，“想要保暖，就得捂住容易散热的地方，比如脑袋啊，手啊，脚啊。这是科学常识嘛。”

芬奇坐直了。他没戴帽子，也没戴手套。“太冷了，我要进去了。”

“好吧。”伯德说。

芬奇滑下了车。身体的重量压得车子发出一声闷响，不过没碰坏哪儿。

“你可别被外星人绑架了。”他说。走到大门前，他又转过身说：“如果你要跟他们走，千万别把我丢下。”

最不可思议的机器

那天晚上，芬奇给了伯德一张旧的盒式录音带。他说以后再也不听这张了。

“不如把它的尸体捐给医生做研究。”他把录音带托在手掌上，好像那是只死老鼠。

伯德把盒式录音带放在书桌上的台灯下，旁边则是堆得越来越高的“伯德看内部”。

“你为什么要画这些图呢？看起来很没劲啊。”芬奇用拇指碰碰那些图纸，没什么恶意地问道。

伯德用小螺丝刀按住录音带最上面的一角，才看清这是电影《洛奇》的原声带。这让她想起了爸爸妈妈的一次争吵。虽然已经是很久以前的事了，但她记得很清楚。她、卡什、芬奇换好衣服，要去看《洛奇 4》。电影本来是下午 1 点钟开始，但爸爸妈妈突然吵起来了，等屋里再度安静下来时，大家已经回到各自的轨道，消失了。电影院根本没去成。伯德到现在也没看过《洛奇4》，不过德文特说那部电影不好看，所以她觉得错过也无所谓。

首部《洛奇》曾是芬奇最喜欢的电影，伯德不知道现在它还是不是。

“我也说不清，”伯德说，“就跟你喜欢打游戏一样。”

“打游戏多好玩儿。可这个……”芬奇皱着鼻子说，“好像在写作业。”

伯德耸耸肩，逆时针转动小螺丝刀，慢慢地，慢慢地。零件是很容易丢的，尤其是这么小的零件。失之毫厘，谬以千里。

“我可能只是喜欢看看它们是怎样工作的。”她说。

“这我已经知道了。把带子放进去，然后按一下‘播放’就行了。”他朝门口走去。

“你不想看看你的盒式录音带里面是什么样吗？”伯德问。

“不看了。你以后再给我看吧。”

哦，好吧。独自工作其实是最好的。让人有空思考。篮球比赛的嘈杂声、哥哥屋里的音乐声，就在她研究盒式录音带并绘制最新结构图时渐渐远去。

伯德看内部：盒式录音带

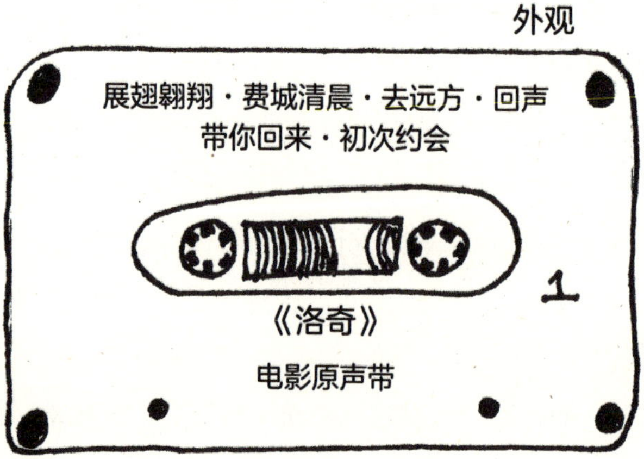

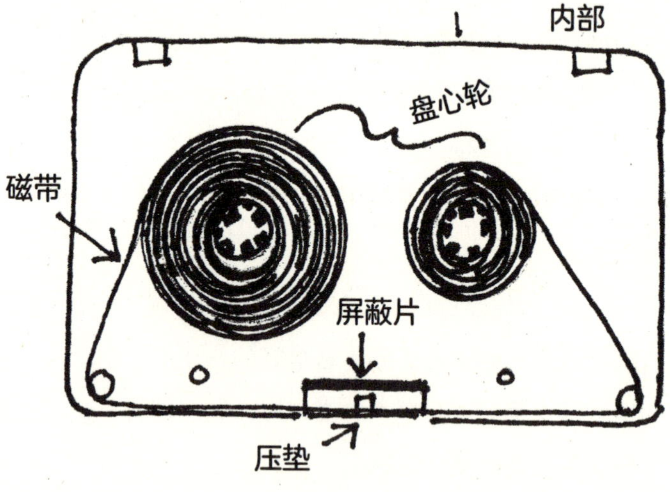

人的头脑才是最不可思议的机器，她想，因为它能同时做那么多事。比如此刻，伯德就一边画着盒式录音带的内部结构图，一边惦记着哈雷彗星，一边做算术。按她的计算，今年以后，哈雷彗星要到2061年和2134年才会再次出现。她想象不出2000年——新世纪啊！——更不用说2061年和2134年了。

伯德：从“挑战者号”上看，哈雷彗星会是什么样子呢？

朱迪斯·雷斯尼克：我不知道。应该，很壮观吧。

伯德：在航天飞机上看什么都会很壮观的。我敢打赌。

朱迪斯·雷斯尼克：确实。

伯德：那是什么感觉呢？

朱迪斯·雷斯尼克：很远，又很近。飘浮在只属于你的世界，但那个世界也属于所有人。

伯德：那并没有什么意义。

朱迪斯·雷斯尼克：是啊。不过地球上的生命也是如此。

伯德：你说得对。一年一年，意义渐渐地摸不着了。有时候我觉得自己有无数的问题，可又说不清到底是什么问题。再说，我也没人可问。

朱迪斯·雷斯尼克：你可以问我。

伯德：唔……

朱迪斯·雷斯尼克：别担心，我不告诉别人。

伯德：学校里有个女孩说，“漂亮”这种事跟我不沾边。她说我主要是聪明。这我倒是早知道了，我确实挺聪明。

朱迪斯·雷斯尼克：所以，你想问什么？

伯德：我漂亮吗？

朱迪斯·雷斯尼克：在我看来，“聪明”就是“漂亮”。

伯德：这好像没回答嘛。

朱迪斯·雷斯尼克：或许吧。不过说真的，这个问题本来就没有答案。

伯德：为什么没有答案？

朱迪斯·雷斯尼克：因为“漂亮”根本就不存在。

伯德：才不是呢。我们学校有个女生，叫雷切尔。所有人都觉得她很漂亮。

朱迪斯·雷斯尼克：好。那雷切尔和丹妮，谁更漂亮呢?

伯德：这很难说。她们一点儿也不像啊。

朱迪斯·雷斯尼克：对。所以，伯德，“漂亮”并不真实存在。人根据自己的好恶，看着另一个人，说他“漂亮”或“不漂亮”，这种判断是短暂的，转瞬即逝的。就像一阵风——这一分钟，人们说这个漂亮，下一分钟，他们又改主意了，所有人都在随波逐流。“漂亮”没有定义。“漂亮”是看不见的。“漂亮”是由你创造的。

伯德把这些话琢磨了几遍：“漂亮”没有定义。“漂亮”是看不见的。“漂亮”是由你创造的。

也许多念叨几次，愿望就能成真。

1986年1月13日，星期一

开启一天的最佳方式

一大早就不太顺当。这可能不是个吉兆。

首先是，芬奇起晚了。他醒来的时候，那本《太空与超越》压在脑袋底下，封面被压得皱皱巴巴，最后一段——或许你可以重新开始。或许你可以再次拥有实体。勇敢一试吧。——随着闹钟的铃声，在他的脑海中渐渐浮现。

睁开眼睛的时候，他想到的第一件事就是：我不想去上学。他常常如此，不过今天，这个念头像咒语似的萦绕不去，他就又多躺了二十分钟。他听着其他人在屋子里走来走去，心里明白，妈妈迟早会来叫他，而那叫声会磨得他浑身难受，心烦意乱。

他猜得没错。

“芬奇！芬奇！”

他想装病。头疼，肚子疼，哪儿疼都行啊。可是那样的话，就得跟爸爸妈妈周旋。他们才没那么容易相信呢。要是一个答应一个不答应，那就更要惹出大麻烦了。

不值得。

他决定还是动作快点儿赶一赶吧。不过在爸爸妈妈看来，肯定还是不够快。

“芬奇，大家都在等你，别那么不懂事。”大家穿上外套的时候，妈妈说，“世界又不是围着你一个人转的。”

“围着谁转不都一样吗？”芬奇说，“再说，送我们去学校的是爸爸。”

“这不是重点。”

托马斯先生打开了大门。一阵冷风扑进屋里。卡什和伯德连忙出去了。

“重点是，你太不懂事了，只为自己着想。”

“塔米，没时间说这些了。”爸爸拿着钥匙说。

托马斯太太正在戴手套，听见这话立刻停住了。“没时间说什么？”她问。

“就是你刚才说的那些啊。”爸爸说。

芬奇出了屋，快步往车那儿走。伯德和卡什已经在车旁等着了。几幢房子相隔的地方，有个女孩和父母正往门外走——她姓莱利，上四、五年级；芬奇一开始没认出来。他只希望爸爸妈妈的争吵不要蔓延到外面来。这可不是第一次了。

“你能不能偶尔在教育孩子的问题上支持我一次？”妈妈说着，从口袋里拽出第二只手套戴上，“别老当着他们的面纠正我，行吗？”

她关上大门，随手上了锁。

“哦，好好好。”托马斯先生一边说，一边往“科沃兹”那儿走，“你是完美家长，我怎么忘了呢？”他把钥匙插进驾驶室的车门上。门锁打开，他低声咕哝了几句。芬奇则心想，这么称呼妈妈也太有意思了。

“这可真是开启一天的最佳方式啊，迈克！”妈妈大声说着，开了车门，“真正成熟起来吧！”

嚷嚷这几句的时候，卡什、芬奇和伯德还没来得及上车。卡什挑了副驾驶座——他总是坐前排——伯德和芬奇钻进了后排。芬奇看见那个姓莱利的女孩也上了她妈妈的车。他很想知道莱利家的生活是什么样的。去年夏天，他曾经帮莱利太太除过几次草。莱利太太给了他 5 美元。

“你们以后早上坐公交车吧，”爸爸沉默了几分钟之后说道，“拐角那儿就有一站。”

芬奇看向窗外。

“我都行啊，”伯德说，“那样的话——”

“得了吧。”卡什说，“公交车早上 7 点到站。我可不想一大早 7 点钟，就在拐角那儿站着等车。”

“反正我都行。”伯德更淡然地重复了一遍。

芬奇没有什么想法。既然上学无可逃避，那么坐什么车又有何区别？

一下车，芬奇就径直走向了自己的储物柜。没过几分钟，弗恩就凑上来了，眉毛上下乱动，笑得像个傻子。

“你猜怎么着？”弗恩倚着储物柜，芬奇只管整理自己的东西。

“怎么？你长出第二个脑袋了？”

弗恩摇头晃脑：“看着像吗？告诉你吧，我昨天跟雷切尔·希尔通电话了。”

“怎么回事？”芬奇说，“她拨错号了？”

“哈哈哈哈，这可就说来话长了！”

芬奇手忙脚乱地整理着书包和储物箱里的杂物。弗恩喋喋不休。一个隐秘的愿望在芬奇心底渐渐成形，渐渐浮现。他希望储物柜豁然开裂，把他送到别的地方去。就像传送门。变成《死星》里的维达，甚至是沙漠中的卢克。去哪儿都行，只要让他离开帕克镇中学，不再听弗恩絮叨就行。

弗恩把书包扛在肩上，说个不停，他也只好跟着没完没了地点头。愤怒悄悄地生根发芽了。

也许是弗恩走过来的样子让他火大——得意扬扬，好像完成了什么壮举。

也许是弗恩闭不上的嘴巴让他心烦。

也许是今天早上妈妈说他“不懂事”的语气让他恼怒。

“那你周末过得怎么样啊？”弗恩的长篇大论终于告一段落。

“普普通通。”芬奇说。他说的是实话。不过，昨天下午，他的心情好到了极点——先是在沙发底下发现了两枚硬币，接着又在一堆旧报纸底下翻出了三枚。

生活怎么就不能像录像机那样，有快进，有倒带呢？他很想把这一天快进到游戏厅时段。并且，最好阿曼达不在。

说曹操曹操就到。

“嗨，弗恩。嗨，亨利。”她坐下来，笑着招招手。她今天看起来不太一样，但芬奇也不想盯着她的脸去深究。“你们周末过得好吗？”她问。

他决定假装没听见，让弗恩去应付好了，谁叫他是大众暖男。

“我当然是好极了。”弗恩说，“你怎么样啊，亨利？”

弗恩从后面踹了踹椅子。

芬奇猛地抖了几下腿。

坐在阿曼达前面的安德莉亚·布鲁门萨尔来回打量着他们，别有深意地笑了。那笑意和雷切尔那天的一样。芬奇几乎可以读出她心里的那句话：你们真是可爱的一对。

他含糊地说了几句“还行”。

“爱称亨利事件”已经失控了。真的。

愤怒在皮肤之下攒动，嗡嗡作响。

“我也还不错啦。”虽然没人问，但阿曼达还是自顾自地说了下去。她上气不接下气地把自己周末做过的事全都讲了一遍——跟妈妈去了商场，买了新球鞋，租了电影带——芬奇面向前方，似乎突然被站在门边的萨隆加老师迷住了。他又开始抖腿，皮肤一阵阵发麻，脖子上沁出了汗珠。他已经听不见阿曼达在说些什么了，只能感觉到一个词像铃声似的响着，催得他指尖冒火。亨利，亨利，亨利。

“你喜欢看电影吗，亨利？哪一类呢，亨利？你在想什么呢，亨利？”

正是这最后一个“亨利”，在姗姗来迟的铃声响起之前的最后一个“亨利”，让他忍不住了。犹如拨动开关，怒火溢满了他全身的每一个细胞。他积聚所有力量，猛地蹿起来，震得桌子都歪了。他面对着她，这个阿曼达，这个曾毁了他的早晨，又毁了他的傍晚的女孩，这个有着红润圆脸和厚实头发的女孩，这个非得笑他脸红不可的女孩，这个只会玩投球游戏，还送他贴纸的女孩……他突然知道她今天哪儿不一样了：她化妆了。化妆。他的脸颊烧得滚烫。他握紧了垂在身体两侧的拳头，飞快地深吸一口气，把全身的怒火都吼了出来：“我的名字是芬奇！芬奇！你这头又蠢又肥的母牛！如果非要叫真名，好啊，那我得叫你楚巴卡！”

一滴唾沫从他嘴里喷出来，黏在下巴上。他抄起自己的笔记本，把它扔到了教室另一边——那上面信手乱画的钛战机正是罪魁祸首。笔记本砸中了萨隆加老师的书架，然后像蝴蝶似的展开翅膀，倒扣着翩然落下。有人吓得惊叫一声，随后铃声响了，周围一下子静了下来，仿佛他一步踏入了太空深处。有人大笑起来。他们嘲笑他所说的、所做的，激得他更加愤怒。踩着别人的痛脚肆意嘲笑，是多么可怕。可他成了第一个把这些话说出口的人。

阿曼达的脸上全是圆圈：眼睛瞪得圆圆的，嘴巴张得圆圆的。她僵住了，就像正在玩“1、2、3，木头人”。但随后她就动了。她眼睛上的蓝色眼影闪闪发光。不，不是眼影闪亮。是眼睛湿了，聚起了眼泪。她的下唇颤抖着。

萨隆加老师的声音从遥远的地方飘来。

“芬奇·托马斯，”她说，“出去。马上。”

但离开教室的是阿曼达——尴尬地迈着踉跄的大步子。她笨拙地挪动，一脚踩在芬奇摊开的笔记本上，身子摇摇晃晃，双臂高举，像个动画片里的人物。她跌下去的时候，整个教室里的人都屏住了呼吸。有人发出了一点声音——压抑住的喘气声；也许是阿曼达的声音，谁也说不好——然后她又举着圆滚滚的胳膊，挣扎着想要站起来。萨隆加老师伸出手想帮她，但她没碰老师的手。她用书架撑着自己，终于勉强起身，离开了。萨隆加老师跟了出去，但在迈出步子之前，她的目光投向了芬奇。他知道——当时当刻就知道——这一瞥，自己会记一辈子。

萨隆加老师常常强调目光交流有多重要。

人们需要被注视、被关心的感觉。她一向这么说。

他沉默不语，一动不动。

其他人也是。

谁都不再笑了。

仿佛所有人都停止了呼吸。

胜人一筹

爱情和战争，不择手段。没有规则。适者生存。

时间不等人，得采取行动，好胜人一筹。得让佩妮知道，她“恋”的应该是卡尔·纳尔逊·托马斯，而不是什么查理。

不过，有一个问题。

卡什没有“胜人一筹”的地方。

面对现实吧。查理可是个优等生。当然，他或许不太擅长运动。但那又怎么样呢？他卡什也不是摩西·马龙啊。

怎么办呢？

他只能凭着直觉来了。

幸运的是，萨隆加老师提供了一个完美的机会。

说真的，他直到这会儿才注意到她的话。“现在大家两两分组，”萨隆加老师说，“其中一人拿出一张纸，在中间画一条垂直线——注意，‘垂直’是指竖向的，‘水平’才是横向的——线的一侧写上‘人类’，另一侧写上‘机器’。然后分别写下这二者的优点和缺点。”她在黑板上画了示意图。“在哪些方面，人类优于机器？反过来如何？二者的优势在哪里？尽量多想些例子。”

佩妮把桌子转过来，正对着他，微笑着坐下时，卡什心里一沉。有那么一瞬间，他都要吐了。

佩妮拿出一张白纸，按老师的要求做。写“机器”这个词的时候，在字母i上画了个圆圆的圈。

“我已经想到好几个了。”她说着，在“机器”一栏里写下了“更有逻辑”，“你呢？”

卡什盯着那张纸。“呃，机器……”他说，“我觉得，机器更可靠吧？”

佩妮摇摇头：“要我说还是人类更可靠。机器总是出故障。”

“哦，”卡什耸耸肩，“对，你说得对。”

佩妮把“更可靠”写在了“机器”一栏里。

“人类……唔……他们知道自己在干什么。比如说，他们能从各种角度分析问题，所以不太容易犯错。”卡什说，“但机器可能就……更容易出错。”

佩妮又摇摇头：“不对。其实恰恰相反，人类经常犯错，机器从不出错。”

“哦。”卡什说。

她把“从不出错”写进了“机器”一栏。

“那……”卡什看着她在字母“i”上又画了个圆圈，“那，你周末都干什么啦？”

“我跟爸妈看了场电影，《金钱陷阱》。”

“好看吗？”

“挺好笑的。我想看《愚人节》，但他们不让我看。”她用铅笔敲着纸，目光落在他的头顶上，显然走神了。她真打算好好完成课上作业吗？

“查理也去了吗？”自然点儿，自然点儿。

“查理？噢，没有。”

“你俩在一起有多久了？”

她看看他，笑着说：“下周就是两个月纪念日了。”

两个月。

这可比卡什想象的长多了。

“他有点儿呆，你不觉得吗？”卡什说。

这话出乎意料地说出来了，仿佛他的大脑失去了对嘴巴的控制。他其实根本不能确定自己的想法。查理真是书呆子吗？也许是。但卡什从没想过要对佩妮说这个。

佩妮眨着眼睛看他：“什么意思？”

卡什把胳膊藏在桌子底下，他不想让她闻见石膏里冒出来的令人作呕的汗臭味。

“没别的意思。他是个书呆子嘛。你跟他在一起，挺让人惊讶的。”

他在任何方面都无法胜过查理，但他能把他拉低，好让佩妮看清自己选错了。

爱情和战争，不择手段——

“我喜欢他，”佩妮说，嘴巴绷得紧紧的，“像你这样的人怎么想，我根本就不在乎。”

像你这样的人。

什么意思？

不知道是不是他想的那个意思，但应该不是吧。

“随便你，”他说，“其实，你跟谁在一起，我也不在乎。”他往后一靠，举起了手。得采取必要手段终止行动了。“萨隆加老师，我想去洗手间，可以吗？”

萨隆加老师正站在克雷格·贝克的桌边解答疑问。她抬起头说：“等到下课再去好吗？先完成课上作业。”

“已经做完了，萨隆加老师。”卡什说。他说得勉勉强强。很生气。

萨隆加老师叹了口气：“好吧。不过快去快回。”

他没有“快去快回”。一到走廊上，他就发觉自己极其渴望离开，到别的地方去，哪儿都行。他恨学校。他尽量少用这个词——因为妈妈说那样不好，很丑陋什么的；它当然是丑陋的——可他实在找不到更合适的词了。待在空荡荡的走廊里，他觉得自在多了。这儿有足够的空间，能让他喘口气。自由自在地游荡在走廊上，有一种超现实的感觉。仿佛这是仅属于他的秘密。所有的储物柜都关着。没有球鞋踩在地上咯吱咯吱的声音，除了他自己的高帮运动鞋。

虽然并不想去，但他还是慢悠悠地往洗手间走。走到了就转身又出去了，一门心思只想尽量拖延，不愿太快回教室。可他的两只脚却往反方向迈开了步子。要去哪儿？他也不知道。

他在荣誉柜附近停下了。上一年度，篮球队赢得了冠军——那时他还没被淘汰。

可惜的是，只会在场上狂奔而投不进一个球的人没奖可拿。那最高的奖杯，本该也有他的份。

荣誉柜里还摆着拼写比赛、科目竞赛、智力竞赛的奖杯。还有一张黑白合影，照片里的学生们在州科学展览会上得了第一名。卡什眯起眼睛看着他们的脸，想象着自愿参加跟学习有关的活动是什么感觉。太难想象了——跟妈妈站在啦啦队的金字塔尖一样难以想象。

一扇门突然开了，他连忙装出要去洗手间的样子。走了几步之后，他发现没人跟上来，于是又慢下步子，徘徊着琢磨，该去哪儿才好。

啊，饮水机。好主意。他走过去，仍然百般拖延着，按下了按钮。他俯下身子，看似大口大口地喝水，实则用嘴巴拨开水流，让它微微一歪，流向了水池。除非万不得已，他从不喝饮水机里的水。多恶心啊，像吞硬币似的难以下咽。

好了。然后呢？

他从饮水机那儿走开，也没有回萨隆加老师的教室，离开了她那些想象出来的航天飞机和垂直列表。他的两只脚仿佛能独立思考似的，把他带到了学校的正门。

就这么走出去，会怎样？

就……这么离开？

到马路对面去，等下课了再回来，可以吗？外面很冷，但扛个二十分钟也不成问题吧？跑起来能暖和些吧。只要不回教室，怎么都行啊。他可以在这附近跑几圈，呼吸点儿新鲜空气，等下课铃响了再赶紧回来。

“对不起，萨隆加老师，”他可以这么说，“我肚子疼得厉害。”

她可能都不会发现他没回去。

他盯着正门，像一个渴望自由的囚犯。他举棋不定——至少，他自认为如此——但这时，他突然看见妈妈的车就停在外面，就在接送孩子的那片固定区域。

可这又怎么样呢?

他试探着往前迈了一步，眯起眼睛，仿佛面前出现了海市蜃楼。

那肯定是妈妈的车。保险杠上的凹痕，是芬奇多年前用玩具车撞的，后窗上的草莓娃娃贴纸，是伯德一二年级时贴的。

可是它怎么现在停在这儿呢?

今天有什么活动吗，所以妈妈来了?他绞尽脑汁地想。不对啊，这只是个普通的星期一嘛。

肯定是芬奇或者伯德生病了。虽然早上看着都好好的，但这谁知道呢?如果是芬奇的话，那八成是装的。

也许，他也应该装病。

也许，他此刻确实有点儿难受。

虽然没有观众注视，他还是捂着肚子，往回折返。一进洗手间，他就钻进隔间，靠在墙上。他本来想坐一会儿，但马桶没有盖子。

就在这儿待着吧，待到站不住为止。可五分钟之后，洗手间的门开了，有人喊他的名字。

是克雷格，萨隆加老师班上的同学。

“你在吗？”克雷格问。

卡什迟疑了一下。他突然觉得自己在上锁的隔间里干站着，实在傻透了。

“在。”他说。

“萨隆加老师让我来找你。”克雷格也很尴尬。

“我这就来。”

“好。”

洗手间的门关上了。卡什叹了口气。他做出了终极决定：他要告诉萨隆加老师，他病了。也许得了胃炎。最适于背锅的就是胃。嗓子疼、流鼻涕或者发烧，都很难装出来。但胃疼肚子疼，只要哼哼几声就能搞定。

妈妈已经来了。这也不妨碍执行决定。

回到教室的时候，他已经想好了装病一整天的计划：窝在沙发上吃垃圾食品，看电影——周末的时候爸爸租了《第一滴血》，现在还在录像机上面放着呢。

铃声响了，所有人都把桌椅放回了原位。萨隆加老师冲他招招手。他像一个胃痛至极的人那样挪过去，走到讲台前时，正打算请个病假，但还没开口，就被萨隆加老师噎了回去。

“你逃了半节课。”她说。

她终究还是注意到了。

卡什没说话。他能说什么呢？老师说的是陈述句，不是疑问句。

他期期艾艾地解释。我有点儿不舒服，萨隆加老师，我需要……

“你的作业都没交。”萨隆加老师看着他，扬起眉毛，“你的成绩一直往下掉。”

作业。成绩。老师在乎的就只有这些。说真的，他们没有自己的生活吗？卡什·纳尔逊·托马斯的成绩就如此重要，非得刨根问底不可？

“我的成绩本来就不太好，所以……”他不知道该怎么说下去。

“你的成绩及格了，卡什，”她说，“但是已经接近 D 了。

而且，你看起来心事重重的。”她顿了顿，问道：“一切都还好吗？”

下一节课的学生们陆陆续续地来了。贾斯汀的妹妹杰西卡，还有她最好的朋友，也叫杰西卡——他不记得她姓什么了。或许是，迪亚兹？她冲他笑笑。他也点头致意，然后重新转向老师。

“因为戴着石膏，写作业什么的，有点儿费劲。”卡什说。

他脚下发痒，想立刻逃走。

“我指的不是石膏。”萨隆加老师压低声音，“听着，如果你有任何需要，可以随时来找我。”

哦，老天。

这真是他这辈子最尴尬的一刻。

“好的。”卡什嗫嚅着。

更多的学生涌进来了。

简直是屋漏偏逢连夜雨——伯德来了。她走向自己的座位时，疑惑地看了他一眼。

“就这样吧，卡什。”萨隆加老师说。

他径直走向了门口。

假如哥哥是机器

伯德和卡什毫无共同之处。对她来说，大哥是个谜。他们同父同母，住在同一座房子里，但他就像拼图。她把所有碎片都拼起来了，可就是看不懂。假如他是一台机器，肯定是简单却不牢靠的那种，比如总是缺墨水的点阵打印机。

假如芬奇也是机器，那么必然是热烘烘、会喷火的机器。

“伯德，你听说了吗？你哥哥出事了。”杰西卡·布兰特利——也就是“杰布”——在大家坐等上课的时候轻声说道。

丹妮、德文特和另外几个孩子走了进来。

伯德看看萨隆加老师。她正在跟第三节课的学生们打招呼。

“谁？卡什？”伯德瞥了一眼门口。她哥哥刚离开。

杰西卡·迪亚兹接过话头。

“他今天早上完全失控了，”她说，“他当着大家的面对阿曼达·派珀大发雷霆，还叫她‘母牛’什么的。听说他们都报警了。”

是芬奇。

“别瞎说，没报警。”丹妮翻了个白眼，拉开书包的拉链，“只是把他送到校长办公室去了。”

德文特转过身问：“谁去见校长了？”

“伯德的哥哥，芬奇，”杰布拨弄着金发说道，“上着课突然就发疯了。就是萨隆加老师的课。第一节。”

“可是……为什么呢？”伯德说。

“谁知道呢？”迪亚兹说，“反正不管为什么，他都不该当着全班的面叫人家肥母牛。”

“我听说是阿曼达先叫了他什么。”另一个杰西卡说道。

“她叫他什么了？”伯德问。

杰西卡耸耸肩。

伯德还想问——她有一百个问题——但铃声结束了他们的谈话。萨隆加老师没有任何拖沓，开始上课。伯德仔细地打量着她的脸，想从中找出两个小时之前的某些可怕端倪，但老师一切如常。

“人类和机器的非凡能力，使即将于本月底开启的‘挑战者号’任务成为可能。”萨隆加老师说，“显然，我们制造机器，是为了完成我们做不到的事情，或是为了提高效率。至于这是否会对我们造成伤害，则有许多高谈阔论。自工业时代以来，这样的争论就不曾停歇……什么事，克里斯托弗？”

“‘高谈阔论’是什么意思？”

萨隆加老师从书架上抽出一本字典，继续说道：“如果没有人类的先进技术，电话、录像机、立体声音响等都是不可能出现的。当然，向太空发射航天飞机就更不用说了！”她把字典放在克里斯托弗的桌子上。“不过，正如人类也有办不到的事情，机器也有很多缺点。这就是我们上半节课的重点。现在大家两两分组，列出优缺点清单。”

桌子动起来了。德文特的也是。

“把你们的纸从中间垂直分栏，”萨隆加老师说，“其中一栏——怎么了，杰西卡？”

“‘垂直’是竖着还是横着？”

“竖着。”萨隆加老师说，“其中一栏写上‘人类’，另一栏写上‘机器’。然后和你的搭档讨论这二者都有什么优点，都有什么缺点。有点儿类似利弊清单。”

德文特和伯德面对面坐好，德文特突然往前凑了凑说：“你哥哥出了事，真糟糕，伯德，别难过。”

她不想笑，但还是笑了一下。

“肯定是有原因的。”她说。其实她心里并不那么肯定。

她想到了阿曼达・派珀。她高高的，笨笨的，没什么朋友。有些孩子给她取了绰号。显然芬奇也是其一。伯德没跟

人类	机器
— 适应性更强	— 更可靠
— 太情绪化	— 客观
— 容易出错	— 很有逻辑
— 不可预期，善变	— 不会疲倦
	— 不会抱怨
	— 更有力
	— 干活儿更快
	— 从不出错
	— 可预期，不会让人措手不及

— 伯德・托马斯
— 德文特・哈里斯

她说过话，但觉得她看上去挺和气。他怎么能骂她“肥母牛”呢？

不过话说回来，谁又活该被骂？

等其他人都交了作业，伯德才拿着她和德文特写好的那张纸走到了萨隆加老师的讲台前。

“萨隆加老师，”她轻声说，“我能问您点儿事吗？”

“跟作业有关？还是别的事？”萨隆加老师问。

“呃，别的事。”

老师把伯德带到了走廊里。跟老师静静地站在门外，这感觉很诡异。全班同学都好奇地往这边打量。每当有谁被挑出来、神神秘秘地做些什么——比如跟老师跑到走廊上进行私人会议之类的——大家总会如此。

“怎么了？有什么事吗？”萨隆加老师问。她今天戴了一枚香蕉夹，唇膏是粉红色的。伯德想象着她教自己用香蕉夹、化妆的场景。这个念头是突然冒出来的，真奇怪。

在教室门和储物柜之间，贴着一张四英尺高的航天飞机纸板模型。伯德心不在焉地用食指按了按不规则的胶带。

“有人说我哥哥出事了……”伯德开口了，“在您的课上。”

萨隆加老师点点头，似乎毫不意外。

“是芬奇，”伯德说，“我听说他冲着别人大吼大叫的……具体的我也不清楚……呃，听说都报警了……”

“报警！”萨隆加老师连连摇头，“没有报警。你哥哥早上情绪爆发之后就被送到办公室去了。仅此而已。”

“哦。”伯德点了点头，摸索着另一块胶带。

“伯德，一切都还好吗？”萨隆加老师问，“我是说，在家里还好吗？总的来说怎么样？”

“还好。我只是想问问芬奇的事严不严重。还有……呃，就是，牵涉进来的其他人，不知道情况怎么样。”伯德指的是阿曼达。

萨隆加老师长长一叹：“那你呢？你怎么样？”

伯德耸耸肩说：“我很好啊。我只是很担心哥哥们。不光是芬奇，还有卡什。真不希望他七年级再留级了。我——”

“伯德，这些我都明白，”萨隆加老师说，“但我问的是你。你好不好？”

“噢。”伯德垂下了手，“我，还好。”

她不想笑。

但还是笑了一下。

如果，那么

如果今天待在家里不去上学，那么什么事都不会发生。

如果阿曼达没有乱喊他的名字，那么他就不会突然失控。

如果弗恩没有用无休止的唠叨来烦他，那么他的心情就不会那么糟。

如果，那么。如果，那么。

此后余生尽可以“如果，那么”，但那改变不了“现在”。现在，他就在这儿，跟妈妈面对面地坐在客厅里。他已经不记得上一次跟妈妈独处是什么时候了。按照电视机上面的时钟所示，第三节课开始了，而他本该耗在教室里，耗到下课为止。然而此刻，他却跟“想好好谈一谈”的妈妈耗在沙发上——四周还堆着来不及收拾的垃圾信件。

说吧，我听着，芬奇心想，让我听听，我到底有多不懂事。

有意思的是，他已经知道自己错了，知道自己刚才有多可怕。但他仍然陷在愤怒中。不是对他自己，不是对弗恩，甚至也不是对阿曼达·派珀。在这一刻，他愤怒的对象是妈妈。他也说不清为什么。也许是因为她坐在这儿的样子吧——脸上的每一寸都写满了彻底的失望，还有指责。

“我真闹不明白，你到底怎么了。”她说，“你怎么能这么对待别人呢？你小时候明明是个敦厚的孩子。我都蒙了。”

芬奇盯着散落在她旁边的那些邮件。沙发上的线头有点儿松了。

“你明知道，我们不能容忍那种言辞。”她继续说道。

芬奇的思绪飘回了早晨。*这可真是开启一天的最佳方式啊，迈克！真正成熟起来吧！*还有爸爸开车门时说的话。

大人都是伪君子。

他想把这句话说出来，大声地说出来。可他突然觉得自己像一块庞大的水泥，不能说话，不能动弹。随便她怎么想吧。他自己知道真相就够了。他不会回答的，一个字也不会说。反正说了也没区别不是吗？

“别妄想停课了就能泡在游戏厅。”她说。

学校罚他停课三天。这是托马斯家的孩子第一次遭遇停课。妈妈把这一点说得很明白，好像他不知道似的。

爸爸妈妈都有这个习惯——老是重复他早已知道的事。

妈妈俯下身子，低下头，揉了揉太阳穴："两个男孩真不让人省心。压力太大了，我需要休假。"

芬奇又想起了他的储物柜。他真希望它变成一扇传送门，好把他送往别处。

"你说完了吗？"他说，"我要回屋了。"

几秒钟过去了，妈妈没有抬头看他。

"去吧。"她最终说道。

他欣然从命。

干杯！

丹妮尔·洛根邀请伯德留下来吃晚饭时，她完全不知道会面对何种场面：会像自己家里那样，在厨房里各吃各的，吃完就各回各屋吗？她觉得应该不会。或许是因为餐桌整洁而干净，或许是因为丹妮的父母一块儿做饭。

晚饭是肉饼和土豆泥。准备好简单的餐盘，伯德跟着丹妮来到了餐桌边。两个女孩坐在一边，洛根夫妇坐在另一边。丹妮的妈妈娇小圆润——正是托马斯太太极力避免的那种身材。洛根先生的鼻子棱角分明，丹妮和他很像。

“我们刚雇了个新员工，事事都得教他，”洛根先生一边用叉子压扁土豆泥一边说，“他现在肯定比以前还要迷糊。我忙得一刻不停，这一分钟还在聊流程，下一分钟就要教他用传真机。可怜的家伙。”

伯德咽下一小口食物，说道：“您可以列个清单。”

“清单？”

“对啊，就像那种待办事项清单。这样就能记录哪些是已经培训过的，哪些是还没培训的。”

洛根先生笑了：“好主意。”他用叉子敲敲玻璃杯。叮当，叮当。“听呀，听呀，明天起我要列清单。”

伯德也笑了。已经很久没有大人称赞她“好主意”了。上一个是谁？萨隆加老师？可能吧。

真是个神奇宇宙，伯德心想。她觉得承认这一点很傻——哪怕是跟自己承认也很傻，那就是：她不知道一家人竟然真的可以这样一起吃饭。当然，萨隆加老师讲过她家里是怎样吃饭的，还制定了一些规矩，比如饭桌上不能争吵。可那听起来像个童话故事，只存在于幻想或电视中。

“丹妮常跟我们提起你，伯纳黛特，”洛根太太用餐巾擦擦嘴，说道，“她说你特别聪明。”

“大家都叫她‘伯德’，”丹妮说，“她是我们学校里最聪明的小孩之一。”

伯德脸颊发烫，有点儿害羞，又有点儿自豪。

“她在你们的航天小组里多好，”洛根先生说，“你都不怎么了解彗星，也不知道后面的事情该怎么办。”

伯德正要礼貌地解释，说他们是“机组”，而不是“航天小组”，余光突然瞥见有什么东西在动。她连忙转过头，想看一眼行踪不定的契科夫。

但还是差了点儿运气。

“伯德长大以后要当真正的航天飞机指令长呢。”丹妮说。

“真的呀？”洛根太太说，“太厉害了。”

“航天飞机指令长是干什么的？”洛根先生问。

“指令长嘛，航天飞机的大事小情都要管。”丹妮说。

“美国还没有过女性的航天飞机指令长呢，”伯德说，“我想当第一个。”

“那你就是第二个萨莉·赖德了。”洛根太太说。

伯德笑了：“也可能是第二个朱迪斯·雷斯尼克。她是‘挑战者号’上的任务专家。”

洛根先生举起了杯子。洛根太太和两个女孩也举起了杯子。

“敬第二个朱迪斯·雷斯尼克！”他说。

玻璃杯碰在一起。叮当，叮当。干杯！

洛根家

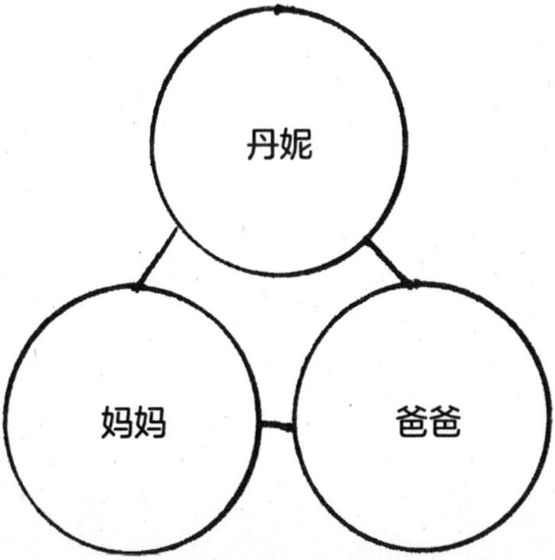

一百天？

“嘿，哥们儿，你猜我今天在数学课上发现了什么？”肯尼说。

卡什坐在水泥地上，胳膊撑着膝盖，看着贾斯汀跟沙包较劲。肯尼也坐在旁边，时不时地发表些关于沙包的有益评论，例如最常见的——“哎呀，贾斯汀，你玩儿这个真是玩儿得太烂了”，或是“丢人现眼哪”。他们的友谊似乎是建立在个人失败的基础上的。

“发现你不会做加减法？”贾斯汀呼哧带喘地说。他踢着沙包，又是抬腿又是拱膝，努力地不让它落下去。他的夹克有些碍事，让他动作笨拙，使不上劲。到目前为止，他最多只能连踢六下，再踢下去，沙包就像鸡蛋似的啪地落在水泥地上了。

“才不是呢，笨蛋。”肯尼说，“我发现，初中生活只有一百天了。然后就是暑假和更广阔的天地了。”

卡什站了起来，但没有说话。

贾斯汀终于放弃了，把沙包抛向半空。

“一百天。听起来还能忍忍。”他顿了顿，看着卡什说，“不过，对于你来说，可不止一百天吧。”

“噢。”肯尼感觉自己说得不严谨，“对于所有人来说，这学年都还剩一百天嘛。”

“是啊，但‘更广阔的天地’，只有咱俩能去。”贾斯汀又踢起了沙包，“说正经的，卡什，要是你又不及格怎么办？那可真的太惨了啊。你的年龄都可以开车了，却还得留在这破地方。啊，说不定他们能给你个车位呢。”他大笑起来：“你毕业的时候该不会跟斯坦内克先生一样老了吧。”

斯坦内克先生是学校里的一位清洁工，看起来像是二百岁了。

“哈。哈。真好笑。”卡什说。

“对不住啊，兄弟，不是故意为难你，”贾斯汀说，“可是说真的，我简直等不及要离开帕克镇中学去瞧瞧高中是什么模样了。你懂我的意思吧。”

肯尼哼了一声：“你想瞧瞧高中，高中可未必稀罕你。”

“想象一下嘛。”贾斯汀不踢沙包了，他比画着两只手，就像导演在取景似的。“姑娘啊。新的姑娘们。来自三所初中，几百个女生。”他冲着卡什耸耸肩。

肯尼伸出手，好心肠地推推卡什的肩膀。“在帕克镇中学多待一年，也不是全无好处嘛，”他嬉皮笑脸地说，“至少，你年纪大，女生们就喜欢这个。他们会觉得你成熟。越老越聪明嘛。”

“也更蠢了。”贾斯汀接茬道。

沙包上上下下，上上下下。

卡什站起来了。他受够了。他一直表现得毫不在意，仿佛可以照单全收。他和贾斯汀、肯尼一直都是这样。打篮球时折磨彼此取乐，其他事情也折磨彼此取乐。他们相处的方式一向如此。

然而，有些时候，玩笑太刺耳，并不那么容易接受。

“我要走了。”卡什说。不等他们提出异议，他就飞快地编了个瞎话：“我跟我爸说好了要给他帮忙。”

“帮什么忙？”贾斯汀说，“大义灭亲，把你弟送进监狱？”他大笑起来。

“这可不好笑，贾斯汀。”肯尼摇摇头，抿住了嘴唇。

“我听说他在学校里发疯来着，”贾斯汀看着卡什，收敛了笑意，“难道他们真的报警了？”

“没有，”卡什说，“别瞎传了。”

贾斯汀耸耸肩：“他多少有点儿毛病。”

“你也一样，”肯尼说，“我们可没去法院告你。”

卡什把手插进外套口袋，转身往家走，嘴里嘟哝了一句“以后不好说”。

哈喽，有人吗？

当天晚上，伯德回家一进门，就看见爸爸和卡什正坐在客厅，寂静无声地看着《侠骨柔情》，剧中人物李和弗朗辛正在保护一位网球运动员。卡什和爸爸都是面无表情。伯德有时会想，要是把电视机拆了，他们会不会有点儿反应？电视机里该不会有个不停摇晃的怀表吧——就是催眠师用的那种。

伯德张了张嘴巴，想打个招呼说“嗨，我回来了”，但还是决定不要打扰他们。她脱下外套，挂在大门旁边的挂衣钩上，然后穿过门厅，往爸爸妈妈的房间走去。她知道妈妈应该在那儿。芬奇又在放音乐，砰砰砰的，低沉刺耳。

爸爸妈妈的床上放着一篮衣服。妈妈正在叠衣服，然后把它们分门别类摆成几小堆。她一边干活儿一边哼着小曲。

“妈妈，”伯德说，“我回来了。”

托马斯太太笑着应道：“啊，回来了。晚饭怎么样？”

“挺好。”伯德拿起哥哥的一件衬衫叠好，轻轻地放在正确的那一堆上面，“我们吃了肉饼。”

“不错。”

“大家都坐在桌边，一块儿吃的。”

“嗯。”

伯德又拿起一件衬衫。“咱们也试试怎么样？围坐在桌边一起吃晚饭，怎么样？”

“伯德，先横着叠，”妈妈从她手里拿过衬衫，一边示范一边说，“不要竖着叠。”

伯德从乱糟糟的洗衣篮里又拿了一件。“我可以收拾桌子。你觉得怎么样，妈妈？”

妈妈开始整理袜子。她一双一双地把袜子塞成球，然后扔进洗衣篮里。

“什么怎么样？”

伯德横着叠好衣服。

“没什么。”

告诉你吧，伯纳黛特

整个下午，芬奇都窝在自己的房间里，听着U2乐队的歌，看着“冒险由你选”中的一本。他希望这样就能把前一天的事从脑袋里赶出去，但思绪还是不可避免地回到了阿曼达身上。她的眼睛，含着泪水的眼睛。她逃出教室时的笨拙动作。一想到这些他就觉得反胃，像坐过山车似的，可一点儿也不好玩，不刺激。他想把一切都归咎于她（都怪她看不懂暗示，非要跟着他去游戏厅，叫他“亨利”，还送他贴纸），但又实在无法将所谓的因果画上等号。他不愿意承认——哪怕是对着自己也不愿意——他做了一件可怕的事，千真万确。离开校长室之后，妈妈转过身对他说：“你怎么能这么残忍呢？”这个词——残忍——把他劈成了两半。

恶心的感觉来回翻腾，让他想动手。他的两只手蓄满了紧张的能量。要是能把什么东西砸烂，紧张可能就消失了。

他在床上躺了下来，两手交叉着垫在脑袋底下。再过两天，他就得回学校上课了。到时候该怎样面对阿曼达呢？

有人敲门。他没回应，希望这是幻觉。可敲门声又响了。

“怎么？”他说。

伯德抱着叠好的衣服走了进来。她一只手托着衣服，一只手关上门，像个服务生似的。

“我把你的衣服送来了。”她说。

“随便放哪儿吧。”

她在床脚坐下了。

“你，”她说，“今天到底怎么了？”

“没什么。”

他本想问问学校里有没有人谈论他。他不得不承认，自己其实是在乎的。

“我今天去丹妮尔·洛根家做客了。他们留我吃了晚饭。”

“真棒。”

“丹妮的爸爸还跟我祝酒呢，祝我成为下一个萨莉·赖德。”

“萨莉·赖德是谁？”

“美国第一位进入太空的女航天员。”

芬奇没说话。

“我跟他说，我更想成为朱迪斯·雷斯尼克。”

“这又是谁啊？”

伯德叹了口气，就像萨隆加老师听到错误答案那样。

“‘挑战者号’上的任务专家。你不记得了吗？”

“不记得。我应该记得？”

“萨隆加老师讲了好多啊。再说，那天咱俩看星座的时候，不是还提到她了吗？当时，我说我要当第一个——”

紧张的能量沾火就着。芬奇心里一阵阵发毛。

“告诉你吧，伯纳黛特。你永远也不会成为航天飞机指令长，永远也不会进入太空。现实点儿。你只是一个生活在特拉华州的女孩，普普通通，没有任何特别之处。”他也不知道自己为什么要这么说。一字一词倾泻而出，停也停不下来，就像开闸了似的。“你以后也只不过就是妈妈那样，成不了萨莉·赖德或朱迪斯什么的。”

话语悬在半空，落不了地。

芬奇一动不动，回避了目光的接触。

伯德走了。恶心的感觉又来了。

刚才她来之前，他就想砸烂什么东西。

现在他做到了。

误差忽略不计

与那个数字有关。仿佛一种终结。一百天。还有一百天，初中就结束了。还有一百天，他的朋友们就升入高中了。还有一百天，他重读的七年级就要告一段落了。

现在外面寒意正浓，很难去想象夏天。但他还是要想。距离夏天还有多少天？几个月张大了嘴巴在前面等他。没有盼头的几个月，多漫长啊。

他听见芬奇房间的门开了。芬奇跟伯德说着什么。门关上了。

“伯德！”卡什喊道。

她往屋里探头的时候，脸上挂着一种奇怪的神情。这和她平时不太一样。卡什第一次意识到，妹妹有她自己的举止。

“你还好吧。”他问。他原本要说的并不是这句话。

“还好。”她说，“你找我有事。”

平铺直叙的句子。不是在问他。

卡什清清楚楚地感觉到，妹妹一点儿也不“好”。至少，这一刻不好。但她应该是“好”的——她一向如此，什么都好好的。

“我只是想问问你，知不知道暑假有多少天？”他说。

伯德盯着地板，计算了一会儿，然后说：“大概九十七天吧。误差忽略不计。”

他等着她问算这个干吗。

但她没问。

她关上门走了，卡什的注意力转向了J博士的海报。

“我这辈子只想干一件事，那就是靠打篮球赚钱。”他说，“那是什么感觉呢？”

J博士当然不会回答他。

小小的，大大的

伯德：宇宙没有终点，也没有起点，只是永恒中无边无际的空间，人在其中很容易就消失得无影无踪了。我现在就是这样。

朱迪斯·雷斯尼克：你并没有消失。你仍然存在于这里。

伯德：这不是很奇怪吗？

朱迪斯·雷斯尼克：什么很奇怪？

伯德：周围都是人，可还是觉得很孤独。哪怕满满一屋子人也无济于事。

朱迪斯·雷斯尼克：孤独是一种情感，它源自内心，而不是外物。

伯德：你觉得芬奇说得对吗？我只是生活在特拉华州帕克镇的女孩？

朱迪斯·雷斯尼克：唔，你确实是个女孩，确实生活在特拉华州帕克镇。不过我不喜欢“只是”这个词。

伯德：小小细节就能造成这么大的区别，真有意思。

朱迪斯·雷斯尼克：伯纳黛特·纳尔逊·托马斯，你说的很多话都很深刻。有人跟你提过这一点吗？

伯德：其实根本没有人愿意听。

朱迪斯·雷斯尼克：我愿意。

1986年1月14日，星期二

卡什的清单

去学校的路上，卡什透过前排车窗望着外面，而伯德静静地坐在后排。托马斯先生聊着查尔斯·巴克利，以及他如何接班J博士，成为76人队的明星球员。出门之前，爸爸妈妈以如何安顿停课的芬奇为题大吵了十分钟。托马斯先生认为托马斯太太应该陪着儿子，托马斯太太则反唇相讥，说他“自私、冷漠，又不是只有你要上班”。最终芬奇还是独自留在了家里。托马斯太太草草写了一张便条，放在厨房的料理台上，等芬奇醒了就能看到。

卡什觉得困惑极了：几分钟之前，爸爸还沉浸在愤怒的长篇大论之中，几分钟后却能平静地聊起篮球，聊起查尔斯·巴克利——卡什只好奉陪，一会儿赞同，一会儿点头。正常情况下，他聊这些都是挺专注的，但现在，他的心思都在列清单上。

昨天晚上，他直到睡着前还想着最后的一百天，想着漫长的暑假，以及之后要在帕克镇中学被迫重读的新学年。或许，有点儿事可做——比如打篮球或是追女孩——日子就不那么像无休无止的折磨了。他琢磨着这些坠入梦乡，醒来之后突然意识到，他之所以无事可做，是因为自己一无所长。

萨隆加老师常说，人人都有擅长的事情。其他老师也这么说过。他以前一直没多想，不过现在——这一刻——他满脑子都是这个问题。

而到目前为止，他能得出的结论是：

伯德擅长读书。

芬奇擅长打游戏。

我擅长的……没有。

但凡有一件事称得上“擅长”，他就能安心。可是，没有。

他动了动胳膊。石膏里面又痒了，手边也没个家伙能伸进去戳一戳。

托马斯先生把车停在校门口，卡什和伯德简单地说了句“再见”就分头走了。伯德去了早上该去的地方，卡什则去了男生洗手间。他花了更长的时间来洗手，这样就能对着镜子端详自己的脸，为即将开始的一天做好心理建设。

今天结束的时候，你的清单就不再空空如也了。

卡什·纳尔逊·托马斯，说话算话。

世界属于他

芬奇想变成一只苍蝇。很小，小得没人会注意到他。然

后飞到萨隆加老师的教室里，落在墙上坐下来，听听大家都在说什么。他们会不会觉得他疯了？他离开后，萨隆加老师有没有说什么？可是，他为什么要在乎萨隆加老师的想法呢？

他的思绪转到了阿曼达身上，还有那句“又蠢又肥的母牛”……这时他提醒自己，现在家里只有他一个人；世界属于他。

当然，早上他听到了爸爸妈妈的争吵声。他用被单蒙住脑袋，迷迷糊糊地听了一会儿。他希望最终有个好结果，果然如愿以偿。他一个人留在了家里。

他在厨房里看到了妈妈写的便条。便条上说，她会在午饭时间打电话来，让他别惦记（大写字母加下划线三条）去游戏厅，因为她已经跟欣德利先生打过招呼了，只要芬奇出现，就给她打电话。他一只手扯下便条，团成一团，扔在料理台上，跟其他杂物堆在一起。

现在，干点儿什么好呢？

整幢房子空空的。

只有他自己。足足好几个小时呢。

他伸了个懒腰。抬起两只胳膊，伸过头顶，抻了又抻。

然后喝了两杯橙汁。

然后走进客厅。

抄起沙发上的靠垫，把头埋进去，失声尖叫。

社交轨道

伯德知道，有一种现象叫作“在一起”——有的女生有男朋友，有的男生对女生有好感，诸如此类——但她从没有把它纳入自己的生活中。这些现象犹如发生在太阳系外的宇宙事件，她会饶有兴趣地研究它，研究完了就该干什么还干什么。如果某人“很可爱”，她不会多留意，如果“在一起”是某种社交上的荣誉，她也并不需要。她无意进入这一轨道。在她看来，别人也不会有这个意思。

不过现在，情况有变。

“我觉得德文特喜欢你。”萨隆加老师的课快结束时，杰西卡·迪亚兹跟伯德咬耳朵。

伯德被打断了，不太高兴。老师正讲到“挑战者号”发射的电视转播呢。

“一些新闻频道会转播此次发射，真叫人激动。校长决定，挑选一些学生——大约一百名吧——到礼堂观看转播节目。”萨隆加老师说道。

杰西卡·迪亚兹把手伸到伯德面前晃了晃，像是在说，喂喂，你听见我的话了吗？

这么重要的时刻，谁要听杰西卡·迪亚兹的话啊？

“想要被选中，就得好好写一篇论文。”萨隆加老师说。

怨声四起。

有的同学已经开始收拾书本了，他们本来就对发射什么不感兴趣，当然，对写论文更无热情。但伯德已经默默地打起了腹稿——或者说，正在努力思考。

“你喜欢他吗？”杰西卡不依不饶。

“谁？”伯德问。

“哎呀，德文特嘛。”

伯德瞥了一眼德文特的座位——他今天没来——她突然

松了口气。他会写论文吗？她已经想好第一句话了：在未来的某一天，我要成为美国首位女性航天飞机指令长。

“不知道，”伯德说，“我没想过。”

在未来的某一天，我要成为美国首位女性航天飞机指令长。“挑战者号”航天飞机的发射，将会……将会……

将会怎么样呢？

“好吧，”杰西卡叹了口气，把课本整整齐齐地收好，准备去上下一节课，“不愧是你。”

她扬起眉毛。伯德第一次注意到，原来她涂了这么多蓝色眼影。杰布也是。杰布闭上眼睛的时候，她就能看到。杰布偶尔会在课上打瞌睡。萨隆加老师有时会喊醒她，有时就随她去了。

“如果他喜欢你、而你不喜欢他，那你就该早点儿跟他说明白，别让人家难堪呀。”杰西卡说。

伯德开始考虑这个新出现的问题，论文的雏形渐渐散架了。

“那如果我喜欢他呢？”她问。

“那麻烦就更大了，你说呢？”杰西卡说，“我的意思是……唔，拿我自己来说吧，如果我要恋爱，我爸肯定会发疯的。”她说到“恋爱”的时候一字一顿，就像刚学会这个词，迫不及待要用一用似的。“不知道你爸妈会是什么态度？”

伯德正想回答，却突然意识到自己并不清楚答案。

没完没了

芬奇从来没听过烟雾警报那么响的声音。它像刺耳的哀嚎一般，直往他的耳朵里灌，而且仿佛没完没了，要永远响下去。它突然响起来的时候，他吓了一跳，猛地往后退了几英尺，胳膊撞在了柜子上。现在，他抱着胳膊，疯了似的环顾四周，想知道怎样才能让警报声停下。

他只是想煎个鸡蛋、烤些面包。他把两片面包塞进烤面包机，然后加了块黄油——这套动作，他已经看妈妈做过无数次了。鸡蛋煎得不错，只是略有点儿烧焦，没能保住他喜欢的完美蛋黄。不过，看它待在盘子里的模样，还算规整，肯定能吃。这时，他突发奇想：再来点儿培根多好啊！然而，他没料到，把培根丢到锅里时，竟然冒出了浓烟。烟雾报警器当然一触即发。

该不会整个小区都听见了吧？

他捂着胳膊，手足无措，心跳也加快了。他把椅子从餐桌旁拉开。一堆纸页——谁知道到底是什么玩意儿——从椅面掉到了地上，但他顾不上去捡了。他踩在椅子上，站稳了，胡乱摸索着烟雾报警器。这时盖子掉下来了，正砸在他的眉毛上。他不停地骂着，一边骂一边摸，总算把报警器的电池抠了出来。报警声终于消失了，而他的耳朵里还嗡嗡地响个不停。屋子里都是烧焦的煎蛋和培根味儿。他完全不饿了。他竟然以为自己会做饭，多蠢啊。吃个三明治什么的对付对付不就行了吗！他过于自信了。独自在家的大男人，都能下厨了。他觉得尴尬极了，虽然暂且无人围观。

他已经能想象出爸爸妈妈的评论和责备了。你用炉子了？妈妈会这么质问他，然后跺着脚走过去察看，把鼻子凑到炉子旁边去闻。她会把他可能引发的后果一项一项地列出来：烧掉房子，烧伤自己，毁掉餐具……无穷无尽。她可能会说：你惹的麻烦比你干的好事可多多了。她以前这么说过一次。

他转身出了厨房。烟雾报警器以后再修吧。现在，他只想回到自己的房间，他安全的小宇宙。然而，两只脚却把他带到了爸爸妈妈的房间。他跨进他们的地盘，深深吸了一口气。是爸爸的须后水的气味。床铺没有收拾。

芬奇瞥了一眼梳妆台——爸爸妈妈经常会在那儿搁些零钱。他找到3枚25美分的硬币和2枚10美分的硬币，揣进了自己的口袋。

现在，去衣柜那儿。

为什么要去衣柜那儿？他不知道。为什么要打开衣柜门然后跨进去？他不知道。动作一个接着一个，他没有仔细去想。

他没有开灯。关上衣柜门之后，便置身于黑暗之中。在满满当当的衣服之间，他坐了下来，膝盖抱在胸前，呼吸着。妈妈的香水味儿。洗衣粉味儿。鞋子的气味。爸爸的气味。他向后倚着木板。衣服垂在脑门上。他小时候经常藏在这儿。他们三个——他、妹妹、哥哥——玩捉迷藏时，这里是他首选的藏身之所。那个时候，裙摆还没碰着脑瓜顶呢。他们都知道他最喜欢这里，不过他也变聪明了。他不再一头扎进衣柜，心慌意乱地关上柜门，而是让门就那么敞着，然后用整整齐齐的衣服把自己围住——摆在膝上，堆得高高的，挡住下巴和脸——完美地伪装起来。没什么好看的啦，这儿只有脏衣服。当时的他这样谋划。

但这伪装从未奏效。

伯德总能找到他。

史无前例

从餐桌上那些没看过的杂志开始，伯德一件件地收拾。《生活》《女性天地》《时代周刊》《红书》……她把杂志摞好，用小细胳膊抱起来，然后运到过道的壁橱里。那儿堆满了乱七八糟的杂物：旧毛衣、旧鞋子、旧夹克……全是旧的。不过，几摞杂志还是放得下的（把别的东西往旁边踢踢就好）。

收拾到第二摞的时候，托马斯太太走进了厨房。卡什跟在她身后。晚饭吃汉堡，而卡什做了一件史无前例的事——问妈妈需不需要帮忙。整理着杂志摞的伯德停下了。她一开始还以为自己听错了，但卡什又问了一遍。

“我从来没做过饭，”他对妈妈说道，“我想看看自己是不是擅长这个。”

伯德把杂志运到壁橱里放下。她对烹饪一点儿兴趣都没有，打算长大之后只吃薯条和三明治度日。成为宇航员之后，吃这些就行了，毕竟乘坐航天飞机漂浮在距离地球数千英里的太空之中时，也不需要什么美食品位。

“这是吹的哪阵风？你怎么突然对家务有兴趣了？”托马斯太太问。

“我也不知道。就试试新鲜事物嘛。”卡什说。

餐具叮当作响，冰箱开了又关。伯德从很久没开过的信箱里掏出信封烂掉的邮件。

“事无绝对啊，”卡什央求道，“说不定我真的是个好厨师，却一直没人发现呢。”

“那就先洗手吧。”托马斯太太顿了顿，又说，“伯德，你在干什么？卡什，洗手，认真洗。不是做做样子。伯德，我问你话呢。”

水龙头又打开了。

“我在收拾餐桌。”伯德说。

“为什么？”托马斯太太问。

伯德觉得两只手突然没力气了。她只好停下。故障处理中。

“因为我们要在餐桌上吃晚饭。”她答道。

卡什关掉水龙头。“学校里的人都在议论芬奇的事呢，”他说，“大家都说是阿曼达先惹的事。”

“把你的手擦干。”托马斯太太对卡什说话，脸却冲着伯德，“别收拾了，你这样我就找不着东西了。”

“听说是她先叫了芬奇什么，”卡什继续说道，“他就这么被停课了确实有点儿冤。”

“他一点儿不冤。”托马斯太太说。

妈妈转过身去做晚饭，伯德坐下来，盯着餐桌出神。一个桌角空了。真是巨大的成就啊。她像在萨隆加老师的课上那样，想象着，把自己发射出去。

收到。收到。

她想起了杰西卡·迪亚兹说的，关于德文特的那件事。

“我的汉堡能多加片培根吗？”卡什说。

“你做了什么好事吗？值得加培根奖励？”托马斯太太说。

伯德决定，就从此刻所处的厨房发射，然后着陆于客厅——爸爸正坐在那儿看《天龙特工队》。他们一起望着屏幕，静默不语。默多克上校很担心被抓住，因为他急需偷一架俄罗斯直升机。

厨房里的声音飘入了伯德的轨道。

“没有培根了。”卡什说。

“我才买了一些啊。”

“肯定是爸爸吃了吧。”

“他没吃。”

“可是没有了啊。”

“你能不能仔细找找？”

妈妈亲自去找培根，把卡什推到了煎锅旁边。

“爸爸，”伯德说，“我有个问题想问问你——呃，只是假设的啊——可以吗？”

她想问的是：喜欢与自己不同的人，可以吗？那次被学校里的女生们追问之后，她才意识到，自己并不知道答案。就算她不喜欢德文特，这个问题也同样重要。

爸爸没有回答。他被电视机里的隐形怀表迷住了。

她正想再问一次，托马斯太太的声音就先灌进了客厅。

“迈克，这培根是你吃掉了吗？”

伯德屏住了呼吸。有时候，一个简单的问题就能把“杰克医生”变成“恶魔海德”。

托马斯先生咕哝着应道：“什么？”

“培根是不是你吃掉的？”

“不是！”

“我刚买的，怎么没了呢！”

伯德的目光在爸爸妈妈之间徘徊，他们咆哮着一问一答。房子的心情变了，可能别人难以察觉，但伯德是个敏锐的观察者。关于德文特的思索无影无踪了。

“我会通知媒体的。”托马斯先生嘀咕了一句。

厨房里嚷嚷道：“你说什么？”

“爸爸说他没吃培根。”伯德接住了妈妈的质问，又飞快地提醒道，“卡什，汉堡很香呀！”

然而实际情况是，他们闻到了一股焦煳味儿。卡什没听妈妈的话，用铲子压住了肉饼。托马斯太太砰地甩上冰箱门，冲到炉子旁边，把儿子轰走了。

“我不是告诉过你不能这么压肉饼吗？”她说，“会烧焦的。”她摇摇头。

“我以为这样能熟得更快呢，”卡什耸耸肩说，“烧焦的那个给芬奇就行了。”他冲着过道努努嘴——弟弟的屋门还关着——然后看着伯德，狡黠地一笑。

托马斯太太把锅里的每一块肉饼都铲起来细细察看。

“如果把餐桌收拾干净，咱们就能坐在一起吃饭了。”伯德说。

托马斯太太直起身子，恼火地叹了口气。

“全都烧焦了，”她说，“你可真是世界上最好的厨师啊。”

伯德笑着望望哥哥。“说不定以后真的是呢。”她说。

但卡什脸上的笑容已经消失了。

1986年1月15日，星期三

传奇

芬奇进来的时候，气氛一下子就变了。他对此早有预料，并且做了周全的计划。和猜测中的一样，所有人的目光都锁定在他身上，从门口跟到了座位。他走过去的时候，目光热辣辣地追着。他特意卡着铃声响起之前赶到教室，免得弗恩又要问东问西，免得自己又要被他惹毛。可他还是有些生气了。

不只是目光。还有窃窃私语。他踏进校门的那一刻就听见了。女生们互相推搡着，咯咯笑着。数不清的手指头指指点点。他两颊作烧。他不想引起注意。他想抹掉已经发生的事。他想把那件事推到很远很远的地方，让它消失在黑洞里，化为黑洞的一部分。但他做不到。他忍不住地去想阿曼达。

看见她之后，他该说什么？

他该做什么？

她又会说什么？做什么？

他坐下来，假装几英寸之外的那个座位不是她的。可它仿佛张大了嘴巴，正期待着她的到来。

“喂，兄弟，大家都为那件事捏把汗呢。”弗恩说道。他也不自觉地瞟了一眼阿曼达的座位。“他们都说警察把你铐走了，”他咧嘴一笑，“你可成了传奇了。”

芬奇看不懂弗恩的表情。像是惊叹，又似嫉妒。他想从中读出些负面的评价，好跟自己内心的感受相匹配。但弗恩的脸上没有那种神情。

其实，大多数投向他的目光都充满了疑问，而不是评判。

他的所作所为到底算是哪门子的“传奇”？

“阿曼达转班了。”弗恩说。

芬奇心里猛地一震，佯作淡定地问道：“什么意思？”

“萨隆加老师让她选，你转班还是她转班。”

芬奇又想变成苍蝇了。他想落在墙上，听听萨隆加老师和阿曼达都说了些什么。

“她怎么不让我转班呢，”芬奇说，“明明我才是那个……”

他说不下去了。

雷切尔·希尔走进了教室，还冲着他笑。可他根本没注意。

闲逛的小屁孩

教社会学的韦尔斯老师出了名的不苟言笑，他不动声色地同意卡什到外面去放放风。当卡什漫步在走廊里时，他突然感到了肾上腺素的怪异飙升。当然，不出来溜达也行，但既然可以不留在教室里，何乐而不为呢——上课的时候，老师总要问那些他永远答不出来的问题，让他觉得自己像个傻子。出了教室，来到走廊，他就不是傻子了。他是卡什·纳尔逊·托马斯，闲逛的小屁孩。

他走进男生洗手间，洗了手，盯着镜子里的自己看了很久——久得他都不愿意承认——然后走向了荣誉柜。他想再看看那个篮球比赛奖杯。他也不知道为什么要跟自己过不去，可他就是想看看。

奖杯放在第二层，和平时一样，和其他奖杯一起高高地立着。它亮晶晶地提醒着：球队不需要他，也能赢。

你跑得挺快，但投篮不行，投篮不行的话……

嗯，对，投篮不行，还打什么篮球呢？就是这个意思对吧。

他盯着那个蠢兮兮的奖杯发呆，这时突然有个声音在他脑袋后面响起，吓了他一跳。

“托马斯，你好啊？”

卡什不用回头就知道是谁。是教练。他站在那儿，笑眯眯的。

“教练好。”他淡淡地说。他想把两只手都插进口袋里，这才想起石膏箍住了右手，想动也动不了。他两脚替换着重心，局促地站着。在这儿撞见对自己的失败了如指掌的人，真是太尴尬了。

教练看看石膏，问道："胳膊怎么样了？"

"还行，都习惯了。"这是实话。"佩妮恋查理"不像上个星期那么碍眼了，虽然那几个字母又粗又大又醒目，总在他眼前晃悠。

"你今年要是在队里就好了。"教练笑着说。

卡什知道这是句谎话，笑容也是假的。但他也知道，人们有时候撒谎，是为了让别人好受些。

教练人挺好的，可他的笑容和客气话让卡什感觉更糟了。

见卡什没回应，教练就继续说道："这一年过得可真快呀，是吧。就像橄榄球赛季似的，前几天还追着看比赛，突然新赛季又开始了。"他摇头感叹："一年比一年过得快啊。"

老天，要是真那么快就好了。卡什希望明年过得比光速还快。

"是啊。"卡什觉得自己好像得说点儿什么。

"好了，"教练说，"你还是快点儿回去上课吧，嗯？"

卡什点点头，笑了一下。他看着教练走过走廊，在原地又站了几分钟。他还没做好准备，不想回去上韦尔斯老师的课，不想回到枷锁一般的教室。

再待一会儿吧。

坏小子

芬奇能炸毁机器人和敌军飞船。他能带上额外的氧气去炸反应堆，并且巧妙脱身。迷宫才是他的死敌，是他的克星。要驾驶飞船通过，同时还得躲避轰炸和偷袭，实在太难了。那些弯弯绕绕的拐角就像突然冒出来似的，不管准备得多么充分，都会陷入万劫不复之地。

反正，他也没太走心。他的眼睛虽然盯着“大浩劫”，心思却早就飘到别的地方去了。他一整天都没见到阿曼达，也不指望能在这儿找到她，不过还是四下张望。路过“快乐投篮”时，他看了看。抄起一包爆米花时，他又看了看。每当视线中出现棕色的头发，他都要看上一眼。他不知道为什么要找她，也不知道看见她又能怎么样。他试着想象自己道歉的模样，可实在想象不出。他试着想象自己若无其事地说“嗨，阿曼达”，好像也不太对劲。他到底在等什么呢？

他玩儿了四十五分钟，花光了身上所有的钱。他在牛仔裤上蹭蹭双手，决定四处转转。弗恩今天没来，没有别的可玩，但他不想回家。

他在“小蜜蜂”“极位”“蜈蚣”“吃豆小精灵”之间流连了一会儿。

然后又往爆米花机那儿走去。

走到弹子游戏机那排时，欣德利先生一见他就笑了。他正站在那台“明星一号”旁边，手里拿着那张皱皱巴巴的“故障”。灯亮起来了，几个大字闪烁着：准备起航。

“大客户托马斯，”欣德利先生笑着在机器顶部一拍，“咱们的老朋友回来啦！来玩儿一把吗？测试一下吧！”

“我没钱了，”芬奇说，“下次再说吧。”

“唉，我懂，你以后也不想玩儿啦。说真的，我也不知道还修它干什么，”欣德利先生说，“根本没人玩儿。”

芬奇瞥了一眼，这排一共五台游戏机。

“怎么不卖掉它们呢？”芬奇说，“有了钱就能买新游戏机了。‘阿尔法任务’‘坦克大战’什么的。哪怕换成单人弹子游戏机也好啊。”

“那有什么用呢，”欣德利先生说，“这儿已经有这么多弹子游戏机了。”

芬奇耸耸肩：“只是说说嘛。”

“记着我的话啊，芬奇——总有一天，会有人从天而降，成为新的弹子巫师。那之后嘛，就是——”

欣德利先生的话没有说完。他的目光越过芬奇的肩膀，似乎看到了什么。他颇有深意地笑了笑。

“咱们以后再聊吧。”他说着拍了拍芬奇的肩膀。

两个杰西卡突然围上来了。

“噢。”芬奇说。

两个女孩各拿着一瓶可乐，瓶子里插着吸管。

杰西卡·迪亚兹咧嘴一笑：“嗨，芬奇。”

“唔。”芬奇含糊地应道。

杰布吸了一口汽水：“欢迎回来。”

“回来？回哪儿？”芬奇觉得嗓子眼发干。

“回学校啊，傻瓜，”杰布说，“你不是……停课了嘛。”

她嘀嘀咕咕、笑意深浓的样子让芬奇很不舒服。他清了清喉咙。

“我们都听说了，”杰布继续说，“大家都知道是她先招惹你的，可你却被停课了两天，真不公平。”

“唔。”芬奇支吾着。

他像是被困在“大浩劫”的迷宫中了，不知道该做什么、该说什么。

“不过呢，”杰西卡·迪亚兹看了看她的朋友，又看了看芬奇，“我们有件事很好奇。”

芬奇问什么事。至少，他觉得自己问了。他不确定自己的嘴巴有没有动。他的样子是不是显得很紧张？

杰布咬着吸管，往上一拎，然后又松开：“你是不是……喜欢……”

芬奇的手心出汗了：“喜欢？”

“对啊，就是那种，喜欢。”

“噢。”芬奇真希望欣德利先生没走。跟他聊天可比应付这两个杰西卡容易多了。他觉得浑身发热，没遮没挡，就像有个巨大的聚光灯照着似的。“不是。”

两个杰西卡都是脸上一亮。看样子，他答对了。

“很好。”杰西卡·迪亚兹说，“因为有人喜欢你，所以我们得知道，你对她是不是也有意思。”

杰布翻了个白眼：“他肯定求之不得啦。”她又弹了下吸管，问道：“你想知道是谁吗？”

芬奇没有回答。他仍然在努力琢磨她们说的话。

“说吧。”他终于挤出一句。

“是雷切尔。”杰布说。她踮着脚尖跳了起来，好像这是本世纪最令人兴奋的大新闻。也许真的是。“是雷切尔·希尔啊。”

芬奇茫然地看着她。

这是在开玩笑吗？

“哦。”芬奇把手插进口袋里。

“她今天告诉我的。”杰布说，“她还说，她就喜欢坏小子。”

“坏小子……”芬奇重复了一遍。他听见了，但理解不了其中的逻辑。雷切尔·希尔。他。坏小子。

他期期艾艾地开口：“我不……”

他还没说完，两个女孩就瞪着他，脸上的表情从开心变成了困惑。杰西卡·迪亚兹歪着脑袋，像一只听到奇怪动静的小狗。

“那可是雷切尔·希尔，”她说，“难道你不喜欢她？”

喜欢？他都没跟她说过话。他也从来没想过要跟她说话。对他来说，雷切尔·希尔完全是另一个星系。

再说，“喜欢一个人”，是什么意思？

他想起了弗恩——沾着黄油的手指，满眼星星似的遐想。

“呃，”芬奇说，“我没打算找女朋友。”

两个杰西卡同时张大了嘴巴。他从没见过谁这么吃惊，好像他把一百万美元纸钞给点着了。她们似乎还想说些什么，但芬奇的注意力转到了“爆破彗星”上——有个棕色头发的高个儿女孩站在那儿。她转过身来了——

不是阿曼达。

他长吁一口气。

“我要走了。”他说。

他的心怦怦直跳。他绕过两个杰西卡，任由她们站在“明星一号”的灯光里发呆。

一线之差

卡什卧室的墙上有一道线。他不记得是什么时候画的了。可能是去年。很细，很淡，模模糊糊的一个记号，用铅笔画的。它是一个目标。是他向往的某种东西。他觉得，只要有一天他的手指能摸到那道线，他就能成为一名出色的篮球运动员，连对面海报上的J博士都会为他骄傲。不过，卡什能够到的位置，距离那道线似乎有一英里远。他从来没有摸到过。

有那么一段时间，那道淡淡的铅笔线一直在嘲弄他，在视觉上不断地提醒着他的失败。可他没有擦掉它。最终学会了无视它。

他已经不记得上次这么看着它是什么时候了。

他现在肯定进步了。

他现在已经长大了。

他现在绝对能摸到。

他跳了几下，放松肩膀，动了动右手指尖——指尖从石膏里探出来，活像没做好的香肠。

这一次一定能命中目标，哪怕再伤到手也在所不惜。

他深吸一口气，冲了过去。

连“接近”都算不上。

他甚至能听见J博士在叹气。

他低声骂了几句，一转过身就看见伯德正站在门口。

“妈妈要去肯德基吃晚饭。”她说，“你在干什么？”

幸好是伯德，换了别人，卡什就要尴尬死了。

“没什么，”他说，“练练跳投，反正也不重要。”

他靠着墙边坐下，嘴里的话却没停。他也不知道为什么，就是想说。

“我什么事都不擅长。”他说道。他明白这有点儿自怜自艾，但他不在乎。他掰着手指数道：“我念书不行，投篮不行，跳高不行，就连做个破汉堡也不行。”他的脖子都涨红了。

“唯一行的就是跑步。”跑着逃离作业。跑着逃离分数。

伯德耸耸肩：“那你就去啊。”

“什么意思？去哪儿？”

“你不是说你擅长跑步吗？”

卡什冷哼一声：“对啊。跑着躲开作业，还有升级考试什么的。不过，这也算有点儿用，是吧。总之，谢谢你的鼓励。”他把脑袋靠在墙上。

“也许你只是选错了赛场。”伯德说。

然后就走出去，关上了门。

1986年1月20日，星期一

终极疆域

伯德的论文为她赢得了去礼堂观看发射转播的名额。到时候会一起去的还有德文特和丹妮。距离发射只剩下三天了——就在星期四。萨隆加老师敲着黑板提醒他们，还在那个日子底下画了着重线。

“这个月我们谈了很多关于太空旅行的事，但有一个重要的问题，还没有答案。”萨隆加老师倚着讲台说，“这个问题在我们很多人心中都排在首位。问题其实很简单：为什么？为什么要到太空去？为什么要花那么多钱，把宇航员送上太空？”

几个学生举起了手。但萨隆加老师示意他们放下，让大家按照之前分好的机组，一起思考这些问题。每一组宇航员都要说出五个合理的、经过深思熟虑的理由，来解释太空探索的重要性。组织讨论和誊写答案的工作就由航天飞机指令长负责。

椅子吱嘎吱嘎地挪动着，大家分组围成一圈。德文特把桌子挪过来时，伯德的心跳突然加快了。扑通，扑通。她一靠近他就会紧张焦虑，唯一能缓解的，就是想着，过几天就要看发射转播了。她尽量把注意力放在别的地方。她目不转睛地看着克里斯托弗和马库斯挪动座位。克里斯托弗今天的衣服上印着“史密斯飞船”乐队。

大家一坐好，丹妮就翻开了笔记本。

“谁先说？”她问。

所有人都看着伯德，但伯德的心思却不在讨论上。她太在意德文特了。

“我先说。”德文特发言了，“太空探索很重要，因为我们的空间很快就要耗尽了。”

丹妮记下来了，但似乎有些怀疑：“什么意思？”

“地球上的空间呀，”德文特说，“人越来越多，太拥挤了，空间不够，我们不就没地方可去了？”

杰西卡·迪亚兹翻了个白眼。伯德说不清这个白眼是冲着谁——好像是冲着她，而不是他；好像德文特说得怎么样，都跟伯德有关系。

“得了吧，德文特，空间永远也不可能‘耗尽’。人类可去的地方有几百万个呢。”

德文特抱着肩膀说：“那你举例说说看。”

“世界上有那么多无人居住的地方呢。山里啊，森林里啊，有的是。”

杰布赞同地点点头。

克里斯托弗说：“话是没错，但那只是‘现在’。以后，人口增长四倍，该怎么办？”

“就是嘛。”德文特说。

丹妮擦掉了刚才写的：“‘预防人口过剩’。好，写上了。”

德文特胜利一般冲着两个杰西卡咧嘴一笑。

“还有吗？”丹妮问。

“其他星球上的生物，”杰布说，“我们探索太空是为了看看地球之外有没有别的生物。”

“这有什么要紧的呢？”克里斯托弗说，“地球上的生物就够奇怪的了。”

马库斯和德文特都大笑起来。

“知道有没有外星人很重要，”杰布说，“我们想跟他们交朋友啊。”

“E.T. 开着宇宙飞船来造访，那些穿着白大褂的人差点儿要了他的命。”克里斯托弗说。

“可是，”杰西卡说，“他和埃利奥特成了好朋友呀，电影的主题不就是这个吗？”

丹妮在笔记本上写下了“与外星人交朋友”。

伯德清了清喉咙。“资源。”她说。

她从不曾在同学面前如此紧张过。都怪德文特的暗恋。丹妮写下“资源”这个词的时候，她突然意识到，那样的“喜欢”一点儿好处都没有。

“‘资源’是指什么？”杰西卡·迪亚兹问。

“是这样的，”伯德开始解释，“地球上的资源，迟早会用尽，因为人口过剩，以及其他原因。”德文特一听就笑了，但伯德没有理会。

她继续说道：“几百年后，地球上的资源可能枯竭，如果能在别的行星上发现资源——比如燃料、水之类的——我们就有后备方案了。”

大家频频点头。

“我又想到一个，”克里斯托弗指着丹妮的笔记本说，“要是我们不去太空，别的国家就要抢先了。”

“一共四个，”丹妮说，“至少得再想一个。”

大家都想不出来了。包括伯德。她的思绪仍然乱糟糟的。

安静了几秒钟后，丹妮盯上了马库斯·斯特吉斯——他正默默地在本子上乱画。

“马库斯，你呢？”她试探着问，“你有没有什么想法？”

马库斯耸了耸肩。

“我们就差一个了。”丹妮说。

空气中仿佛闪过新的电流。马库斯总是非常低调，大家往往想不起他也在。但是今天，他好像突然显形了——坐在座位上，置身于假扮的诸位机组成员的灼灼目光下。他抬起头望着大家，但只有片刻。

“很蠢。”他咕哝道。

丹妮扬起眉毛：“什么很蠢？”

“太空探索。”他说，“萨隆加老师让我们思考太空探索的理由和意义，可这一切根本就没有意义。”

如果马库斯是一台机器，伯德想，那肯定是让空气变沉重的那种，比如——加湿器。

“太空中有很多庞然大物，”马库斯继续说道，“小行星，陨石，彗星。想想吧，宇宙多大啊。萨隆加老师说过，宇宙的直径超过90亿光年。然后再想想，我们有多小——微乎其微，其实什么也不是。随便一个大火球飞过来，我们该怎么办？什么也做不了，无能为力。”两个杰西卡同时望向了窗户，好像马库斯真的叫来了一个大火球。

“噢。”丹妮说。

伯德在座位上缩了缩身子。此时此刻，她觉得自己正在缩小、缩小，越来越小，而四周的宇宙却膨胀、膨胀，越来越大。

我们其实什么也不是。

“反正还得再想一个啊。”杰布说。她的声音听起来十分遥远。

她也有这种感觉吗？

丹妮清清喉咙。“在《星际迷航》里，太空被称为‘终极疆域'。"她说，"地球，我们已经探索过了，而太空是另一个大谜团。"她顿了顿，又说："这也是一个理由，你们觉得呢？"

所有人都点头了。除了马库斯。

伯德看着丹妮在笔记本上写下了"终极疆域"几个字。

嗨，教练

卡什通常会迅速行动，在吃午饭的队伍中抢个好位置，但今天他却绕过自助餐厅，往体育馆走去。法恩沃斯教练的办公室就在篮球场外面，卡什和贾斯汀、肯尼曾在那儿罚跑过。办公室的门开着，桌子上堆着活页夹、挂绳，还有吃了一半的三明治。教练坐在桌子后面，正看着一本《时代周刊》，封面上写着"仰望天空：哈雷彗星，惊鸿一瞥"。

“嗨，教练。”卡什说。

教练抬头一看就笑了。他半边脸塞得圆鼓鼓的，边嚼边说：“嗨，托马斯，找我有什么事吗？”

卡什瞥了一眼篮球场，走进了办公室。自打淘汰那天起，他就再没来过这儿了。

“我们很想留下你，”当时，教练这么说，“但是如果你考试平均分不够，就不能参加体育活动了。规定就是如此。”这句话塞满了整个办公室。卡什一度觉得，教练可能会因为他的平均分下降而暗自庆幸。这样，把他踢出球队就情有可原了。这似乎不是教练的风格——他是个好人，总是支持他们，鼓励他们努力上进——可你永远也不会知道别人的真实想法。

“唔……”卡什替换着两只脚的重心，“我在思考一件事，想听听您的想法。”

教练合上杂志，向后靠在椅子上，两手一摊，咽下嘴里的东西：“说吧。”

“嗯……”卡什吸了一口气说，“我之前在队里时，你说过一些话，我一直在琢磨。就是说我擅长跑步什么的……”

“对，要是我没记错的话，你可以跑进六分钟一英里。”

“所以我就在想……呃……就是……只是考虑啊，是不是可以……”他本想说得肯定些，可一开口就像在提问，“是不是可以加入……田径队？”

教练往前凑了凑，扬起了眉毛。

完了，卡什心想，他要笑话我了吧，要把我轰出去了吧。他会说：放弃吧，托马斯，你不是当运动员的料。你还要我说多少次？

“你一直很喜欢篮球。”教练说。

“是啊，很喜欢。我就是想，或许可以换个赛场，试一试。”

教练笑了，由衷地、开怀地笑了。

“很不错的想法。”他说，“田径确实是你的强项。选拔赛要到三月份才开始，所以你还有时间做准备。最棒的是……”他看着卡什的胳膊，“石膏也不妨碍你训练。”

卡什也笑了。

“现在只有一个问题，托马斯。”教练指了指卡什的书包，“你的成绩。规定你是知道的，对吧？”

“我知道，教练，考试平均分要够，才能参加体育活动。”

教练点点头。

“不论是什么运动——篮球或是田径——这项规定都是一样的。”教练歪着头看他，“但你不会因为这个就放弃，对吧，托马斯？”

现在轮到托马斯点头了：“没错，教练。”

我摸到了未来

伯德：我今天又画完了一份结构图。是爸爸的旧随身听。可是我无法集中注意力，脑袋里想法太多了。

朱迪斯·雷斯尼克：比如？

伯德：比如，我今天一直在想马库斯说的话。宇宙那么大，我们这么小。

朱迪斯·雷斯尼克：宇宙确实非常宏大，人类确实非常渺小。这个我们早就知道了呀。

伯德：是啊，可是……他还说了些别的。我就一直想，一直想……我觉得，让我困扰的是：我们只是漂浮在宏大空间中的微末尘埃。

朱迪斯·雷斯尼克：确实可以这么说。

伯德：但，总是有原因的吧，不是吗？我是说，你们进入太空，不是为了好玩，不是为了统治世界，更不是什么也不为。

朱迪斯·雷斯尼克：当然。

伯德：你会对马库斯说什么呢？我该怎样反驳他？

朱迪斯·雷斯尼克：我会对他说克里斯塔·麦考夫的那句话。你知道的。萨隆加老师把那句话写在便利贴上，贴在了她的讲台上。

伯德：我知道那句话。

朱迪斯·雷斯尼克：克里斯塔说“我摸到了未来”，这就是我们正在做的事啊，伯纳黛特。

触摸未来。

伯德：我喜欢这句话。

朱迪斯·雷斯尼克：我也喜欢。

伯德：晚安，朱迪斯。

朱迪斯·雷斯尼克：晚安，伯德。

1986 年 1 月 23 日，星期四

理理思绪

虽然“挑战者号”的发射时间推迟了，萨隆加老师却兴致不减，整个星期都在讲这件事。星期四，距离周末不远，芬奇决定把所有的午饭钱——以及从父母梳妆台那儿顺手牵羊的几枚硬币——全都花在“大浩劫”上，只要能打破自己的最高积分就行。心神不宁的那阵子已经过去了。他再也没见过阿曼达，连影子都没有。这一定预示着，他该忘记那件事，往前看就好。毕竟，他又不是干了多严重的事。

一旦有了打算，耗在学校里的时间就好像漫无止境

了——其实，才刚开始呢。萨隆加老师站在教室前面，讲着天文电报，听起来就像《摩登家族》里的那些玩意儿。

“有多少人相信其他星球上有生命？”她两手之间抛着粉笔问道。芬奇知道萨隆加老师申请过“太空教师计划”，于是想象着她身着宇航服飞向太空的模样。唔，有点儿奇怪。

大多数同学都举起了手。芬奇没有。这倒不是因为他持反对意见，而是因为，他根本就不在乎。要是能理解地球上的生命，那么他很可能会为其他星球上的生命担忧。

“如果可以证实大家的猜测，那就太棒了。”萨隆加老师继续说，“一些天文学家认为，我们的星系中的宜居之处可能有一千万个之多，也可能有二十来个之少，但不太可能的是，只有地球这一处。目前的技术还不足以支持我们到遥远的星球去寻找生命，但与其交流还是可以的——至少，试试看是可以的。例如波多黎各的阿雷西博天文台。1974 年，它首次向太空发出信息，试图寻找外星生命。这些信息就叫作‘天文电报’。”

雷切尔举手提问：“天文电报里都说了什么呀？”

萨隆加老师作了解答——说了我们的太阳系，说了我们的技术现状——但芬奇却盯着雷切尔的马尾辫，缩在教室后面的椅子上心神不宁。她对他的好感似乎转瞬即逝。两个杰西卡后来再也没提过这件事了。雷切尔自己当然也不会提。不过，这并不意味着她就不是热门话题了——弗恩的爱火一天更比一天热烈。

“我昨天晚上又给她打电话了，”他早上告诉芬奇，“她说要写作业，所以先不聊了。不过，她要了我的号码，说要给我回电话。”

“那她回电话了吗？”芬奇问。

弗恩的笑意淡了：“没有。不过今天晚上肯定会回的。”

芬奇让他别做梦。他并不想说得刻薄，可还是说出口了。

“你这是嫉妒。因为只有那些长得像大笨鸟似的女生才会看上你。”弗恩说。

芬奇立刻就想动手，使劲儿地推搡他。因为他嘲笑了自己，也嘲笑了阿曼达。这根本毫无意义，他清楚得很。芬奇才是那个狠狠地伤害了阿曼达的人——害得她整个人都像是从地球上消失了——他有什么资格为她抱不平？

芬奇突然想到，他可以告诉弗恩，雷切尔喜欢的是自己——至少，一个星期以前是这样——这样弗恩就能闭嘴了。不过他还是没有说出来。

萨隆加老师从讲台上拿起一叠索引卡片——这是个明确的信号，代表所有人都要参加接下来的活动。芬奇暗自祈祷，千万别又是什么机组协作任务了。他愿意献出口袋里的所有硬币来逃避那样的作业。

还好，他不用破费了。

作业是单独完成的。

“每个人拿一张索引卡片，然后写下自己的天文电报。”萨隆加老师一边说，一边走来走去地分发卡片，“想想看，你想说什么。认真地想一想。关于我们这颗星球上的生命，你想怎样介绍？面对其他生命形式的时候，你希望对方了解什么？如果它们想在我们的环境中生存，什么才是最重要的？像科学家们一样，你能发出的信息是有限的。只有这一张单面卡片来承载。你会和银河系中的其他生命分享些什么呢？”

有的同学不等老师说完就开始写了。

“不要着急，”她提醒大家，“理理思绪。”

芬奇盯着空白的卡片。

他已理好思绪。

拿起了铅笔。

我这是在哪个星球？

除非是节假日，纳尔逊·托马斯一家从不围坐在餐桌旁一起吃饭。是的，伯德收拾了餐桌——至少，清理了一角——但并没有人因此受到鼓励来共进晚餐。不过，她的努力还算没白费。卡什此刻就坐在桌边，面前摊着一本《地球科学》。他的右手笨拙地捏着铅笔，打着石膏的胳膊不甚熟练地按着笔记本。

托马斯太太下班后，像往常一样把手提包放进厨房。她狐疑地打量着她的大儿子。

卡什抬起头：“嗨，妈妈。你知道吗，金星是天空中第三亮的天体呢，仅次于太阳和月亮。”

妈妈回头看了一眼大门，仿佛她刚刚一不小心踏进了另一个宇宙。

“我这是在哪个星球？”她说。

太空电报

这里的空气中有氧气。不过别担心，氧气没有毒。地球上有重力，所以你们会觉得身体重了些，或者轻了些——这要看你们的老家什么样。人类是多种多样的，大家长得都不一样，但总的来说，又是一样的。你们可以吃蔬菜，可以吃肉，只要别吃人就行。我们很友好，用不着害怕。你们在这儿会很安全的。

伯德·托马斯 敬上

太空电报

相信我，不要回复。

芬奇·托马斯

1986年1月24日，星期五

真相一刻

说出真相的一刻，到了。

萨隆加老师的课结束了。德文特正在收拾课本。伯德拍拍他的肩膀，问他能不能谈一下。德文特一脸茫然。

“可以啊，伯德。”他说。

伯德的余光瞥见了两个杰西卡和丹妮，但她决意忽略她们。她都能感觉到丹妮的好奇。不管是因为什么，她们都从来没有正儿八经地讨论过德文特的事。伯德不愿意把男生当作什么重要话题。她宁愿听丹妮讲上两个小时的《星际迷航》。

或许，迟早有一天，伯德也想进入谈情说爱的社交轨道。

但现在，不行。

教室里的人越来越少，伯德和德文特并肩往外走，之间保持了一些私人空间。伯德走得很慢。德文特跟着她。

她走了好几步也没开口。

“那……”德文特终于忍不住了，“你要跟我谈什么？”

伯德把课本抱在胸前。他们已经走到教室门口了。她示意德文特往墙边靠一靠，免得被走廊上的人群挤开。现在，伯德的余光里是萨隆加老师，但她没待太久——老师来到走廊上，迎接下一节课的学生。

“我有件事要告诉你。”伯德说。她盯着自己的脚，然后抬起头看着德文特。

她清清喉咙：“我不喜欢你——那种喜欢——但我很愿意跟你做朋友。”

德文特扬起了眉毛。有那么一瞬间，他的表情僵住了。随后，先是眼球动了动，然后左看看，右看看，好像在搜肠刮肚地想话说。

伯德的心怦怦狂跳。她觉得某种可怕的东西正在袭来。一个微弱的声音低语着：不可思议的尴尬就要降临在你身上了。

她的预感是对的。

“呃，好的。”德文特说，他的神情松了下来，变成了另一种意味：困惑。

“可是……我也不喜欢你——那种喜欢。”

“噢，”伯德说，“噢。”

“你很优秀，人也很好，不过，你确实不是我喜欢的那种女孩。唔，那种喜欢。”

大厅里的嘈杂声向他们飘来——笑声，口哨声。

“噢。”伯德说。

他这是什么意思？

她想问问他，但不知道该怎样遣词造句。而且，她干吗要问，要在意？这不正是她想要的吗——不做任何人的女朋友？

“因为你有点儿……普通。你懂吧？”德文特说。他的表情瞬间就变成了遗憾和同情。

“我这么说没有恶意，只是……”他叹了口气。

“只是，你并不……”他耸耸肩，“反正，咱们还是做朋友吧。”

“噢。”伯德说。她现在只能说出这一个字。

“回头见。”德文特说完就转过了身。

她看着他走远了。

浩劫大神

小马把眼镜往鼻子上推推：“你真神了。”

芬奇刚刚打完一局迄今为止最完美的“大浩劫”。弗恩和小马围在旁边观战。

“不开玩笑，真的厉害。”弗恩说。

芬奇差点儿就能笑出来了。他确实很骄傲，但最近，他的生活似乎每时每刻都被失望笼罩着。为什么而失望呢？他也说不清楚。总之在过去的一个月里——或许更久——失望都像浓雾似的挥之不去。

“你什么时候能教我玩儿啊？”小马问。

这小孩已经喊他“大神”了。当然是半开玩笑的。不过小马看他的样子——戴着又厚又沉的大眼镜，吧嗒吧嗒地眨着眼——又让他有些异样的感觉。

芬奇指了指投篮游戏。“你连投篮都投不进去，还想玩儿这个？”他摇摇头说，“省省吧，玛莎！”

弗恩大笑起来。

小马原本钦佩赞叹的神情变了。嗯，很好。变成什么都比那副蠢兮兮的小弟模样好。

“是啊。”小马说。他飞快地挥挥手，朝“吃豆小精灵”走去。

你并不……

伯德四处翻找可以拆开研究的东西。她在衣柜的最上层翻出了一个八音盒，那是她九岁时的生日礼物。

“你看，”当时，妈妈小心翼翼地把八音盒放在她的腿上，“摇动手柄，就能播放一首歌。沮丧的时候，就躲进音符里吧！”

一个星期之后，爸爸妈妈又吵起来了。战况愈演愈烈，恶言恶语在四壁之间弹来撞去。伯德摇动八音盒的手柄，摇得手都酸了，可音乐声还是盖不住父母的吵架声。最后，她把八音盒塞进了衣柜里。现在，它支离破碎地摊在她的书桌上，旁边放着一张画了一半的结构图。她想把图画完。她想弄明白所有零件的功能。可是，白天的那一幕总是一遍一遍地在她的脑海中重映。

因为你有点儿……普通。

这就已经够让人难堪的了，而后面那句话更糟。她坐在书桌前，一动不动，那些话就围着她，不停地旋转。芬奇屋子里低沉的音乐声沁过了墙壁。

你并不……

以这几个字开头的句子大概都不怎么样吧。

你并不漂亮。

你并不有趣。

你并不特别。

可套用的句子无穷无尽，就像广阔的夜空。

芬奇的音乐停了。

静默是那么沉重，仿佛是从伯德自己内心深处涌出来的。

你只是一个生活在特拉华州的女孩，普普通通。

漂亮这种事，跟你不沾边。

伯德看内部：八音盒

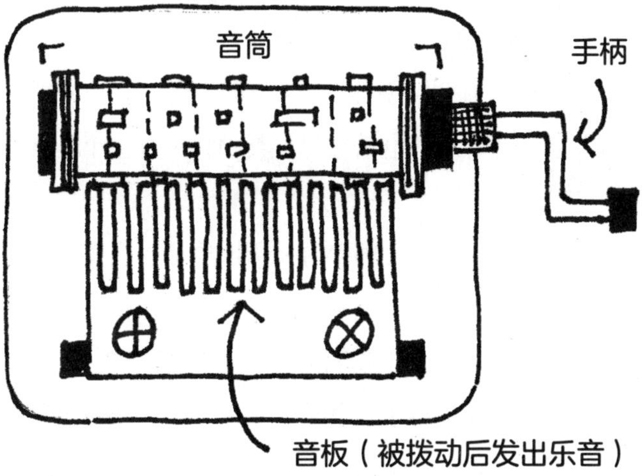

短短的“派珀”名录

隔壁，AC/DC 乐队的音乐调得震天响。芬奇正躲在自己的房间里，埋头在特拉华州帕克镇的电话簿里。

电话簿的气味有点儿像报纸。因为翻页，他的食指和拇指已经蹭上了油墨。“派珀”一栏不长，里面的一个个名字兴师问罪似的瞪着他。

名单里并没有“阿曼达”。这倒也不奇怪。八户姓“派珀”的人家，就有八个电话号码。其中肯定有一个是阿曼达家的，对吧？

芬奇和他的录音机之间摆着一部旧电话。去年，因为话筒松动了，这部台式电话就被扔进了壁橱。伯德答应修好它（确实修好了，但先是把它拆散了），不过后来买了新电话，这部旧电话就没人记得了。芬奇从厨房里悄悄拿走电话簿的时候，就顺手把它也给拿出来了。

他接通了电源，轻轻地、慢慢地拎起了听筒。拨号声又响亮又清晰，甚至有些不吉利的意味。

他把听筒放回原位，活动活动手指关节，又看了看那些姓“派珀”的名字。亚当·派珀。克雷塔·派珀。哈罗德、玛格丽特·派珀夫妇。奥登·派珀。理查德·派珀。罗斯·派珀。

他朝着录音机伸出手，关掉了音乐。咔嗒。

安静了。

他清清嗓子，干巴巴地咽了咽。汗湿的手往牛仔裤上蹭。

拿起电话听筒。亚当·派珀。

铃响三声后，一个男人接起了电话。可能就是那个“亚当·派珀”吧。

“你好？”“亚当·派珀”说。

芬奇有一瞬间都不会说话了，但随后就脱口而出：“阿曼达在吗？”

对方顿了顿：“阿曼达是谁？”

芬奇挂断了电话。

两只手直哆嗦。

他又拿起了听筒。“克雷塔·派珀”无人接听，于是他跳过去，拨通了“哈罗德、玛格丽特·派珀夫妇”的电话。铃响了两遍，正要挂断时，有个女人接起来了。听起来像是上了年纪。

“你好？”她说。

芬奇愣了一下，问：“阿曼达在吗？”

“在的。”对方说，“请问你是哪位？”

“呃，”他说，“我是卢克。”

他把话筒从耳朵旁边挪开，轻轻一拍脑袋。老天，你傻不傻啊，卢克？这是哪儿来的名字？干吗不报出真名呢？

“卢克，姓什么呢？”电话那边追问道。

“卢克……”他想说“天行者”，但那不就更傻了吗！他怎么这么笨啊？“呃，就是卢克。”

对方愣了一下，才说：“稍等。”

他听见放下话筒的杂音，随后便是闷闷的一声：“阿曼达！你的电话！”

他要说什么？

当然，他事先想好了几句话。可现在，那些话都抛下他消失了。

阿曼达接起了电话。她的声音仿佛是他想象出来的，就像一个幽灵。

“你好？”她说。

他张了张嘴巴。

一个字也吐不出来。

“喂？你好？”她又说。

他咽了口唾沫。

她在电话里能听见他的心跳声吗？

“呃。”他咕哝了几个字，可能是“对不起”，但说出来的和预想中的不太一样。他都不确定，那听起来是不是一句正常的话。

“喂？喂？”阿曼达又问。

看来，那听起来不是一句正常的话。

那什么也不是。

就像他此刻的感受。

他挂断了电话。

1986年1月26日，星期日

给那伯德捎句话

在卡什的爸爸看来，“费城76人队”和“波士顿凯尔特人队”的对决，将非常激烈。

今晚，他们将在纳尔逊·托马斯家的客厅里开战——通过第四频道。

卡什和爸爸整整一个星期都在期待这场比赛。他们各自盘踞在老位子上，茶几上堆着吃都吃不完的垃圾食品：薯片、蘸酱、椒盐卷饼、比萨卷和芝士球。卡什的妈妈通常都在屋里看书，偶尔溜达出来，便会对他们塞进嘴里的脂肪和卡路里大加评论。

“J博士今天晚上怎么找不着篮筐了？”爸爸说。“76人队”目前只领先一分。他焦躁不安，挺着身子坐在沙发边上，一边抖腿，一边狂吃薯片。

“他投篮可比巴克利强。”卡什说。每当有人说朱利叶斯·欧文不好，他就会奋起反击，仿佛那是亲密好友，必须维护他的荣誉。

“我只希望他们能在客场打败拉里·伯德。”爸爸嘴里塞得满满当当，“要是能在北岸花园大胜，我就跑到大街上去唱歌。”

卡什大笑着在靠垫后面翻找他挠痒痒用的铁丝衣架。天啊，到底什么时候才能拆掉石膏！

“我可是说真的，”爸爸说，“记好我的话。”

“那你要唱什么歌？”卡什问。

“我要自己编个原创的……”爸爸咽了口唾沫，盯着半空中，好像那儿有个对话气泡似的，然后扯着嗓子吼了起来，调都跑到北极了。

“给那伯德捎句话！第三名可足够差！给那伯德捎句话！”他挥舞着胳膊，越唱越起劲，逗得卡什哈哈大笑。不过，表演并没有持续太久，很快，另一个伯德——不是拉里·伯德，是家里的伯德·纳尔逊·托马斯——闯进了他们的篮球世界，满脸困惑。

爸爸不唱了，但仍然笑呵呵的。“嘿，你来啦？吃点儿零食吗？”他问。

伯德看看爸爸，又看看哥哥：“你们刚才叫我？”

卡什和爸爸愣了一下。

“我听见有人叫我的名字。”伯德解释道。

“啊！”托马斯先生说，“不是叫你。我是说，哎呀，那确实是你的名字，不过我唱的是拉里·伯德，不是我们家的小伯德。”他指了指电视。

“噢，”伯德说，“那没事了。”

她转过身，朝着自己的房间走了两步。这时爸爸突然说：“要不要跟我们一起看比赛？”

“不了，谢谢。”

“真的？不用像你妈和你哥似的整天关在屋里呀。”

“哦，知道了。”伯德低声说。

“你怎么了？没事吧？你有点儿……唔……怎么说呢……有点儿闷闷的。”

伯德还没回答，托马斯太太就出现在过道另一边，胳膊下夹着一本平装书，手里端着杯子，正往厨房走。

“伯德是因为‘挑战者号’烦心呢，”卡什抓起一个比萨卷扔进嘴里，“发射时间总是改来改去的。”

“是啊是啊，我今天早上在报纸上看到了。”爸爸说。他往后一倚，注意力转回了电视上。比赛正值中场休息，他们把音量调低了。

“要我说，他们就不该去。把男人和女人一起送上太空，”他摇摇头，“灾难呀。”

厨房里的水声停了。

“你说什么？”托马斯太太把盛满水的杯子放在料理台上。

卡什和伯德交换了个眼神。

“什么？”托马斯先生的眼睛仍然盯着电视，“我说那不是个好主意，我有权发表自己的看法吧。”

托马斯太太双臂环抱，站在厨房中央的料理台后面，仿佛一位将军正怒视着不听招呼的部下。

“那请您让我也开开窍。”她说。

“行呀，”托马斯先生答道，“把男人和女人长时间地关在那么狭小的地方，这确实不妙啊。不合适的，非要掺和在一起，那不就是——砰！灾难！‘挑战者号’上有两个女人，对吧？如果她俩碰巧同时赶上了……特殊时期，那怎么办？空间站又不像大街上，随便就能找个药店。更不用说情绪波动啦，紧张焦虑啦，总之太容易出错了！”

托马斯太太扬起眉毛，松开胳膊，拄在腰上。

“你知道自己在孩子面前大放厥词的样子有多无知吗？”她说。

托马斯先生看看卡什，又看看伯德，最后望向了电视。

“平权运动有些过分了，”他咕哝道，“连不同意见都不能有。只要跟女人有分歧，你就会被扣上帽子——”

“我能听见你说什么，迈克。我的耳朵还没聋，好吗！”

卡什盯着屏幕里的上半场精彩瞬间。爸爸妈妈的吵架声把解说员的声音都盖住了，但那又如何呢？只要专注于眼前所见就行了。查尔斯·巴克利。拉里·伯德。J博士。

而他的妹妹，无声无息地逃回屋里去了。

“隐形”的好处

“隐形”是大有好处的。当房子变成“恶魔海德”时，谁也不会注意到你在干什么。即便下了一天小雨，外面又湿又冷，你还是可以穿上外套、戴好帽子手套，溜出门去。你甚至可以带上爸爸妈妈的钥匙，钻进车里，打火启动。当然，哪儿也去不了——毕竟你不会开车——但至少可以打开暖风，透过车窗，看看星星。

那是金星。夜空中最亮的天体，仅次于月亮。萨隆加老师讲过，金星是太阳系中最热的行星。水星距离太阳最近，但金星有大气层，所以表面温度能达到480摄氏度。这样的温度实在让人难以想象，尤其是身处特拉华州北部的寒冷夜里。

伯德不知道哈雷彗星此刻在哪里。近距离观察它——就像“挑战者号”机组成员那样——会是什么感觉呢？在航天飞机的舷窗后面看星星是什么感觉呢？和躲在“科沃兹”里肯定是不一样的吧。

伯德闭上眼睛，把汽车发动机的嗡嗡声想象成火箭助推器的轰鸣声。她紧紧抓住驾驶座的两侧——不，不是汽车的驾驶座，是航天飞机上的座椅。朱迪斯·雷斯尼克就在她身旁。这次任务将决定她能不能升为航天飞机指令长。一点儿差错也不能有。

“各系统准备工作就绪。”伯德说。

接下来就是倒数计时了：十、九、八、七、六、五、四、三、二——

嗒，嗒，嗒。

有异物撞击航天飞机的舷窗。

不用理睬。可能只是太空碎片。

刚才数到几来着？

——四、三、二——

嗒嗒，你在干什么呢？

不要睁开眼睛。

别担心，朱迪斯，只是太空碎片。各系统一切正常。

你发什么疯呢，伯德？

固体火箭助推器安静下来。朱迪斯消失了——扑！——

引擎的轰鸣声变回了尘世间的杂音。

伯德睁开眼睛。

只见芬奇正站在车旁，困惑地看着她。

她摇下车窗。嘎吱，嘎吱，嘎吱。冷风灌了进来。

“你在干什么呢？”他问。他连一件夹克都没穿，只穿了件印着大金刚的长袖T恤。T恤穿得很旧，大金刚印花都开裂了，褪色了。

“想偷车？还是想干什么？”

“不是，”伯德说，“只是坐一会儿。太冷了，所以开了暖风。”

“他们吵完了。”芬奇指了指他们的家。他一张嘴，就有一团团白雾冒出来，“妈妈回屋了，爸爸接着看那个无趣的比赛。”

“哦。”伯德说。

“现在可以回去了。没必要躲在外面啊。”

“也许吧。”伯德说。

她想问哥哥：你是怎么找到我的？我以为我隐形了。但还是算了。

芬奇抱着肩膀催她：“进不进去啊？”

“也许……”

芬奇瞥了一眼大门：“要是爸爸发现你启动了车子，你可就有麻烦了。”

“也许吧。”

有麻烦。这是个奇怪的东西。她以前从没有惹过麻烦。

伯德往上摇车窗。嘎吱，嘎吱。但芬奇在车窗完全关闭前伸出手，挡住了。

“我也要上车。”他说着，冲副驾驶座努努嘴。

伯德来不及抗议。她也不确定自己愿意不愿意。但她还是摇上车窗，俯身把对面的车门打开了。芬奇坐了进来，两只手来回搓着，把暖风的出风口对准了自己。

“冻死我了！”他说。

“你怎么不穿外套。”

“你在外面干什么？”

伯德耸耸肩。

芬奇把两只手拢在嘴边，冲着它们呵气。

“是在看星星什么的吗？”他问，“怎么不去后院看呢？后院的视野更好啊。”

“因为太冷了。”

因为后院意味着一起分享。本该有狗狗，有烧烤，有家人。

咱们家的后院，只是个孤独的地方。

我不想去孤独的地方。

他们就这样默默地坐着。芬奇终于暖和过来了。他把手放在腿上，望向车窗外面。

朱迪斯，我们的任务失败了，伯德想道。

“你知道我觉得最酷的是什么吗？是黑洞。”芬奇说，“它们能把一切吸走，就像龙卷风。嗖——但是萨隆加老师说，我们是看不见黑洞的。看不见的东西，怎么能证明它存在呢？”

伯德心里空了一拍。“因为它的引力非常大，吞噬了周围的一切，包括光。所以我们看不见它。”

伯德把手放在方向盘上。

“那个，伯德，”芬奇靠着头枕，转向妹妹，“对不起。”他清清喉咙：“之前那么说你，是我不对。”

永永远远地行驶下去，会怎么样呢？

“我是真心实意的，”芬奇说，“我向你道歉。对不起。”

在州际公路上一直开一直开，会怎么样呢？

“有时候我就是会说些胡话。我也不知道为什么要说。”芬奇说。

伯德咽了口唾沫。“也许你说得对。”她说。

芬奇再次望向窗外：“我？不不，我从来没对过。”

客厅的窗前拂过一团黑影。

“得赶在他们出来之前进去。”芬奇说，“走不走啊？”

伯德不想回去，但芬奇说得有道理。该取消发射了。有时候，系统根本就不正常。她熄了火，跟着哥哥回到屋里。卡什正把吃剩下的东西往冰箱里放。

他们进屋时，他抬头看了一眼。

“76人队输了。”卡什说。

“好难过哟。”芬奇翻了个白眼，干巴巴地说道。

伯德一言不发。通常，她会把外套脱下来，挂在大门的挂钩上，但今晚她直接走进了卧室。她把外套、帽子、手套扔在地上，关了灯，衣着整齐地倒在床上。连鞋子都没脱。

她的思绪翻涌不停。

她只是一个生活在特拉华州的女孩。

她很普通。

太空，本来就不是女孩该想的东西。

再说，她是隐形的。

有时候，最让人接受不了的，是真话。

她闭上了眼睛。

她想睡觉了。

她累了。

该直面真话了。所有的。

她永远也不会进入太空。她在跟谁开玩笑呢？

她永远也不会成为航天飞机指令长。

她永远也不会成为朱迪斯·雷斯尼克。

她只是一个平平无奇、普通至极的女孩。像灰尘一样普通。她不认识朱迪斯·雷斯尼克。她们根本没有真正地说过话，她也影响不了世界。她比和想象中的朋友交流的五岁小孩强不了多少。

跟她说话有什么用？跟她道晚安有什么用？

没用。

1986年1月27日，星期一

此刻

芬奇从未想过，两个同在帕克镇中学读七年级的学生，竟然可以没有任何交集。毕竟，学校自成一个小宇宙：相同的恒星和行星，相同的轨道，日复一日，漂浮在同一个星系中。但阿曼达·派珀成功地躲了他好几个星期，真不知她是怎么做到的。今天，他必须找到她。最后的最后，他非赔礼道歉不可。

他受不了了。道歉的话说不出口，就一直缠着他。他想把它抛掉，不再理会。他想说服自己，这无关紧要，照旧就好。可他就是做不到。他已经向妹妹道歉了，现在也该向阿曼达·派珀道歉。然后，他就能放下挫败感，让生活继续下去。

终于，有人告诉他，阿曼达调到了萨隆加老师的第六节课。于是，第五节课一结束，他就匆匆穿过走廊，守着教室门口徘徊。他看见她来上课了。

她一开始并没有看见他，因为她一路都是低着头的。她发现他之后，立刻移开目光，向后退了半步。

“阿曼达！”他叫着追了上去。

她停下来，侧过身，把课本紧紧地抱在胸前。她没有看他。

“那个……”他指指储物柜旁边的空地，“我……我能跟你说几句话吗？”

他们走到了一旁。

芬奇的心跳加快了。他挪了挪背上的书包。

“呃……”他说，“我就是想跟你说……”

他垂头盯着自己的球鞋。说不清为什么——或许是因为他们此刻站的这个地方吧，谁知道呢——萨隆加老师的话突然闯进了他的脑海。每当有人上课不专心，老师就会这么说。

最简单的礼物之一，就是目光交流。

对，就是这么说的。

芬奇抬起了头。

“对不起，阿曼达。”他说。

清晰、干脆、真实。

他从来没有这样坚定地说过什么话。他自己都吃了一惊。

那句话悬在半空，悬在他俩之间。

阿曼达也抬起了头。有那么一瞬间，两束目光相遇了。但仅此而已。

她没说“好的”。

她没说“谢谢”。

她没说“没关系”。

他也不知道自己在期待什么，总觉得，她应该说句话吧。

可是她没说。

她从他身边走过，走进了萨隆加老师的教室。

反正，那句话终究是说出来了。就在这儿。虽然改变不了过去，但肯定影响了现在——此刻。

他长呼了一口气。

1986年1月28日，星期二

美国东部时间 上午 11:37

屏幕前摆好了几排椅子。伯德第一个冲进去，在前排坐了下来——正中间。丹妮和德文特到的时候，伯德身边的座位已经坐满了。她都没想到该给丹妮占个位子。实在太兴奋了。她心不在焉地寻找丹妮，可她根本坐不住，更不用说环顾四周了。她的眼睛里只有面前的屏幕。

发射时间一改再改，萨隆加老师——这事当然少不了伯德——对此持谨慎乐观态度。可是，一定就是今天，不会再改了。伯德感觉得到。她的肚子里叽里咕噜地翻腾着。在这一刻的光辉之下，过去几个星期的别扭都黯然失色了。宇宙倾斜着，一切都超出了现实。她的周围都是其他班级的学生，她几乎都不认识，可所有人共同拥有着这一刻——或即将发生的奇迹时刻。

伯德很好奇：他们的论文里都写了什么呢？

她发现，只有她带了笔记本。

“倒计时可能再次被叫停，”萨隆加老师一边说，一边理顺、插紧屏幕后蜿蜒缠绕的电线，“如果出现这种情况，大家不要太过失望。”

屏幕上出现了模糊的图像。一个伯德不认识的男生自告奋勇地跳出来，帮萨隆加老师调试机器。伯德忧心地看着那怎么也调不平整的画面，差点儿慌了神。所幸，最后还是调试好了。她目不转睛地盯着屏幕，笔也准备好了。她一丁点儿都不想漏掉。

有人把灯关掉了。屏幕投下的亮光包裹着萨隆加老师。航天飞机矗立在发射台上。宇航员已经就位。伯德也是。她能感觉到压在脑袋上的头盔的重量，能感觉到揽住她肩膀的座椅安全带。

放在腿上的笔记本震颤着。

“发射之后，我们会安排即时讨论，大家联系已经学到的知识，谈一谈所见所感。”萨隆加老师说。她笑了。

黑暗之中，轻声低语和屏幕灯光让一切都显得那么不真实。

伯德听到了耳机里的噼啪声。

一个男人的声音响了起来。

是地面指挥中心。

这是真实发生的，还是她想象出来的？

“自动序列已启动，”他说，“固体火箭助推器液压动力装置已启动。倒数21秒，固体火箭助推器万向伺服传动机准备就绪。”

伯德记下了“万向伺服传动机”，以备之后查阅。然后她把手垂向椅子两边，紧紧地抓着。引擎隆隆作响。升空前检查已完成。

她的耳朵里塞满了自己的心跳声。怦、怦、怦。

她很紧张。她冲动地想从椅子上跳起来，冲进屏幕里，冲进航天飞机里——朱迪斯旁边，驾驶员旁边，哪怕货舱也行——什么地方都行，她不在乎。

她紧盯着屏幕，希望心愿成真。

在漆黑一片的礼堂里，屏幕就像太阳。不过盯着看，眼睛也不疼。

暂且不疼。

美国东部时间 上午 11:38

离开萨隆加老师的教室，来到走廊上，经过四间教室，就到了韦尔斯老师教授社会学的地方。韦尔斯老师班上的学生没去看发射。他们没写论文，自然也就没有礼堂里的座位。他们看不见转播屏幕上的图像，也听不到发射现场的声音。他们不知道，倒数还剩 15 秒。

同时在这一刻，芬奇手里的铅笔掉了。

他看着它滚到了佩妮·巴纳德的桌子底下。铅笔尖折断了。

就算有人踩上去也不会注意到，芬奇心想，踩上去就会留下一个碾烂的痕迹。

他现在称不上什么“脑力激荡”。在韦尔斯老师的课上，让脑子动起来都很费劲了。韦尔斯老师的声音很单调，好像随时都要陷入深度昏迷似的。他大多都是朗声念诵课本，也不怎么从讲台后面站起来。有时候，为了批改作业，他会安排“自由时间”，让学生们自己钻研；可实际上，大家不是传阅小纸条，就是小声说话，要么就照着韦尔斯老师的模样糊涂乱画——韦尔斯老师驾驶飞机，半睡半醒；韦尔斯老师跳伞，半睡半醒；韦尔斯老师做脑部手术，半睡半醒。

芬奇的眼睛盯着那支铅笔，仿佛由它催眠，进入了恍惚状态。

他打了个哈欠。

他第五百万次看了看墙上的钟。

在韦尔斯老师的课上，所有人都要看钟五百万次，甚至包括韦尔斯老师自己。

到11:50，午饭铃就会响起。到时候，他就自由了。至少，今天自由了。

芬奇琢磨着：午饭吃什么好呢？这时，他听到了一个奇怪的声音。所有人都听到了。韦尔斯老师本来正喋喋不休地念叨着什么罗斯福新政，此刻也停了下来，扭头望向门外。那是一声尖叫。或许，是一声哀嚎。说不清。

没有人动弹。

这时传来另一声——

通！

芬奇分辨出来了——那是一扇门拍在墙上的声音。

“怎么——”韦尔斯老师大步走向门口。他扶着门框，向外探身细瞧。

有什么东西从走廊上冲了过去。

不，不是“东西”。

是一个人。

也不是别人。

是伯德。

芬奇噌地站了起来，突如其来的动作吓坏了周围的几个同学。他们向后让开，盯着他看。大家都知道他是个暴脾气。他是不是又要发疯了？

不，他只是往门口快步走去，嘴里说着：“那是我妹妹！”

芬奇和韦尔斯老师肩并肩站着，怎么看都是奇怪的搭档。他们眼睁睁看着伯德冲进了走廊另一边的女生洗手间。

芬奇的本能有了分歧：他的一只脚想去追伯德，另一只脚却想留在原地，先弄清楚到底出了什么事。

他顺从了后者。

他一直没动，直到韦尔斯老师沿着走廊往礼堂走，他才跟了上去。

萨隆加老师站在电灯开关旁边。她脸上的神情很诡异。在她身后，大约有一百多个学生。他们议论纷纷，七嘴八舌地提问，在座位上动来动去，望着空白的屏幕，望着芬奇……

芬奇的胳膊上冒出了鸡皮疙瘩。

萨隆加老师的眼睛亮晶晶的。

“出什么事了？”韦尔斯老师问。

“航天飞机……”萨隆加老师说。

美国东部时间 上午 11:42

卡什最不喜欢的就是语文课——这可不是一句空话，因为他讨厌所有的课程。不过现在，他已经下定决心，无论如何都要想办法提高平均成绩。眼下，他正绞尽脑汁，用词汇表里的词语造句。午饭铃响之前，他需要写完十句，但到目前为止，他只想出七句。班上大部分同学都做完了，面前的纸扣在桌上。卡什不明白，他们怎么能写得那么快呢？以前，他会随便乱写，匆匆填满，只要不是最后一个就行。但今天，他下定了决心，要认真写。

他用铅笔敲着纸页，盯着“忧郁”这个词发愣。

忧郁。忧郁。忧郁。

啊，他记起这个词的意思了。

他用“忧郁”造句，刚写下三个词，突然有人敲门。不知道是谁，反正没等应答就推开了门。是韦尔斯老师。他眉头紧锁。

站在讲台上的语文课老师帕琴科扬起了眉毛。

“怎么了？”她说。

韦尔斯老师飞快地吐出了七个字：“航天飞机爆炸了。”

“航天飞机？”帕琴科老师问。

“‘挑战者号’爆炸了。”

“太空是真空的，怎么会爆炸呢？”坐在卡什后面的学生问道。

“不是在太空中爆炸的，”韦尔斯老师仍然看着帕琴科老师，“升空不久就爆炸了。发射根本没有成功。”

根本没有成功。

卡什低下头，看了看纸上的词汇表。

他感到了一种难以言表的情绪。

其他同学聊了起来。有的人甚至嬉闹着，开起了玩笑。

航天飞机爆炸了，这有什么好笑的？

教室里一开始只是窃窃私语，后来就变成明目张胆的闲聊了。韦尔斯老师把他所知道的一些细节告诉了帕琴科老师。

“伯德。”卡什对自己说道。

午饭

伯德的腿很疼。她在洗手间的隔间里站了很久。她也说不清有多久。事故发生之后，她就冲出了礼堂。她脑海中固守着这个词：事故。爆炸，听起来像是无稽之谈。事故，就显得安全得多，也留有余地。在事故中，人还是可以幸存的。而且，地面控制中心的人也是这么说的。显然发生了严重的事故，他说。他的语气听起来不怎么惊慌。或许真的没什么可惊慌的。如果是爆炸，人们就会惊慌失措了，但事故，就还好。

她这么安慰自己。

然而有时候，真相是最让人难以接受的。

她逃进了洗手间的隔间里，就是因为她心里清楚，那不是普通的事故。她了解机器。虽然她不是宇航员，但她了解那台机器——“挑战者号”航天飞机。她知道，它绝不该那样解体。事故发生时，有人问萨隆加老师：“这是正常的吗？就应该这样吗？”可萨隆加老师回答不了，因为她捂住了自己的嘴。但是伯德知道答案：不，当然不是。那是绝不应该发生的啊。

没有人说话。也许有人说了，但伯德听不见。她的耳朵里只有自己的心跳声。她盯着那四散开来的滚滚浓烟，绝望地等待着地面控制中心的人说点什么——当众说，或冲着她并不存在的头盔说，都行。她等待着航天飞机从烟尘中冲出去，继续向上。她等待着朱迪斯开口。

她觉得恶心。

在那句“严重的事故”之后，萨隆加老师转过身来，神情诡异，好像想不起她在哪里、在做什么。随后她颤抖着关掉了屏幕。显然，她不知道该说什么。她只是站在那儿，一动不动。

这时，伯德的飞船“起飞”了。

她腿上的笔记本掉在地上。

她觉得自己马上就要吐了。

她冲进洗手间的隔间里，伏在马桶上，可什么也吐不出来。

她站起来，倚着墙壁站着。马桶没有盖子，所以她无处可坐。但她也不想回礼堂。不想回那个有画面的地方。不想回那个播映出“严重的事故”的地方。不想回那个老师也茫然若失、手足无措的地方。

所有人都看见她跑出去了，但谁也没来追她。

正好。

她需要一个人待着。

这就是“隐形”的好处之一。

下一节课的铃声响了，她还在原地站着。她错过了午饭。那又如何呢？她根本就不饿。有女生转动隔间的门把手，看见她的脚，于是走向别的隔间。伯德在马桶和墙壁之间的空隙里稍稍挪动，好让膝盖歇一歇。她听见别的女生在聊天，在笑。怎么会有人在聊别的事情？航天飞机。航天飞机。航天飞机。这个词在她的脑海里盘旋。那些浓烟，就像恶魔的手指，直指向蓝莹莹的天空。

最后，终于有人提及此事了。克罗校长通过全校广播发布了通知。

午饭后，全校放假。

“以哀悼失事的‘挑战者号’航天飞机。”他说。

洗手间里的女生们鼓起掌来，聊着这惊天好运：白得了半天假期呀！就像从口袋里凭空摸出一张 10 美元的钞票似的。她们很开心。

伯德再次泛起恶心。她用手捂住了耳朵。

她们怎么能鼓掌？她们怎么会开心？

不，一切都颠倒了。

他们本该飞向太空。

他们本该飞向太空。

另一个宇宙

你肯定想象不到，在发生了国家级的悲剧之后，大部分七年级学生却在走廊里嬉笑打闹，为天上掉下来的假期兴奋不已。芬奇觉得弗恩也是如此，所以看到弗恩在走廊尽头的储物柜那里等着——毫无疑问，等他一起去老街游戏厅逍遥一番——他就避开了。他得一直等到弗恩没了耐心，自己走开。

此刻，他受不了弗恩——他的声音，他的唠唠叨叨，他的兴奋。芬奇感受不到一丝一毫的兴奋。他满脑子里都是伯德。

弗恩伸长了脖子，张望着。芬奇则转过身子，面向墙壁，藏在一排储物柜后面。他不得不正对着贴在墙上的“挑战者号”的机头。这是萨隆加老师的教室。门关着，灯也关着，但阳光还是洒满了。他看见萨隆加老师在讲台前坐着。什么也没做，就只是坐着。

芬奇的心怦怦直跳。他觉得自己看到了不该看的一幕。可他不想就这么走开。他轻轻地敲了敲门。萨隆加老师没有回应。他又敲了门。老师转过身，看向门外，但是没有站起来。芬奇静悄悄地溜了进去。他不想引人注意，不想被别的学生看见。

他们看不见。

他们正忙着拥抱自由呢。

芬奇走进教室，关上了门。这间教室，他来过几百次了，但此刻却全然是另一个宇宙。座位都是空的。萨隆加老师也不在黑板前抛粉笔了。也没有小组讨论什么的。她冲他淡淡一笑，仍然没有站起来。

“嗨，芬奇，”她说，“有什么事吗？”

她的眼睛很憔悴。也许她哭了很久，现在才好点儿。看着一个大人在你面前哭，似乎是件不正常的事。他希望——全身的每一个细胞都希望——她别哭。要是她掉眼泪了，他该怎么办呢？

他把双手插进口袋，没有再往教室里面走。他不知道自己到底在做什么。

他从来都没想清楚过。

“没事。我只是……”芬奇结结巴巴地说道。走廊里的声音透进来了。有人在笑，笑得很响亮。笑声刺进了寂静的教室。“呃，那个……我只是想问问，您还好吧？”

他发现自己此刻说的是真话。

对，这就是他来这儿的原因。

他想看看老师好不好。

他就是这么想的。

“不太好，不过会好的。”萨隆加老师说，“别担心我。多关心你妹妹，好吗？”

芬奇点了点头。

他觉得喉咙哽住了。怎么会这样呢？

“好。”他说。

家

卡什和芬奇在大门口等她。这进一步说明，一切都颠倒了，不正常了。自从他们上学那天起，哥哥们就没等过她，除非爸爸妈妈下命令。可今天，他们却肩并肩地站在这儿，等她。

他们并没有因为白赚半天假期而开心。

事实上，他们似乎很不开心。

“真糟糕，伯德，别难过。”芬奇一看见她就说。

“是啊，”卡什说，“怪心疼你的。”

他们三个竟然步调一致了。

这在以前似乎从未发生过。

但是伯德顾不上去思考这里面的深意。

引擎启动的时候是什么感觉？宇航员们有没有抓紧？他们能感觉到胸口的隆隆震颤吗？朱迪斯是不是笑了？“严重的事故”是什么感觉？

机器应该是可靠的。

机器应该按照人类的指令运行。

机器不应该犯错。

错误是人类才会有的。机器不该有。

伯德走路的时候低着头。两个哥哥陪着她，哪怕她走得很慢很慢，他们也陪着她。她想抬起头看看天空——或许能看到什么——但她不敢，她害怕。于是她没有抬头。她一直看着脚下。

他们就这样寂静无声地走向门口。

芬奇从信箱里拿出钥匙。他们进了屋，把外套挂好，才收拾停当，芬奇就走进厨房，问伯德想不想吃块三明治。伯德没有回答，但他还是做了一份，夹了花生酱和果酱。

卡什打开了电视，电视里正在重播爆炸的画面。伯德有点儿想看——也许是她弄错了？也许是她在做梦？——但她又宁愿什么都不看。

看不看都不重要了。卡什关掉了电视。

“我不喜欢看电视。”他说。

这不是真话。

卡什一向都很喜欢看电视。

伯德没说话。她的思绪还在努力地适应这个奇怪的新世界。

如果她和哥哥们也是机器，她一定会要求质量检测。不对劲，不寻常，机器运转不正常。

哥哥们怎么开始关心她了？

竟然有人会关心她？

1986年1月29日，星期三

嘀嗒，嘀嗒

伯德从丹妮尔·洛根家的磁性门环底下取出了钥匙。她表现得很随意，好像这是每天都要做的事情。血液涌进了耳朵。心都快跳到嗓子眼了。她原本以为钥匙一插进锁孔，警笛声就会响起，但没想到，钥匙轻而易举地转了。门轻而易举地开了。她轻而易举地走进去了。

在丹妮尔·洛根家，一切都像开锁似的那么轻松。

现在是上午九点钟，屋里没人。洛根先生和太太应该去上班了，丹妮去上课了。伯德没去。昨天下午、晚上、夜里，她都待在自己的房间里。可她说不清时间是怎样流过去的。她出来吃了晚饭——像往常一样，大家还是各吃各的——然后跟爸爸妈妈说了几句不得不说的话。除此之外，她就一直躲在屋里，穿着睡衣，蜷缩在床上。电视里除了那场灾难就没有别的了。爆炸的画面，专家的评论，政客的表态。伯德能听见门外那些窸窸窣窣的声音。有一次她走到厨房去倒水，听到爸爸正说着："老师根本不是真正的宇航员，NASA那个计划真是胡闹……"

她想到了萨隆加老师。

她不想听下去了。

今天早上，在来到丹妮尔·洛根家门口的几个小时之前，她告诉爸爸妈妈自己不太舒服，于是他们同意她留在家里。对于伯德来说，要得到爸爸妈妈的许可似乎非常容易。当然了，她从来没有出过错，他们有什么可担心的？

她一走进丹妮家里，就把鞋子脱掉，摆在一旁。毕竟，这是人家家里的规矩。她的脚很冷。她站在那儿，只穿着袜子，一只脚蹭着另一只脚的脚背。

"我回来了！"她说。当然，她知道，没有人会回应。

伯德花了半个多小时才走到丹妮家。虽然戴着手套，她的手和鼻子还是冻得红彤彤的。她把房门钥匙塞进口袋，然后脱掉了厚厚的冬衣。洛根家的门厅里有个衣橱，专门用来放外套。外套驯顺而整洁地挂在里面。伯德也把自己的挂了进去。

洛根家很暖和。

伯德往里走了一步，两步。很快，她就来到客厅。她看了一眼茶几——那天，她和丹妮把零食和汽水铺满了桌面。她走进厨房，打开冰箱，拿出一瓶“新奇士”。她打开易拉罐，碳酸冒着泡，嘶嘶嘶地涌了出来。她站在柜子边，深深地吸了一大口，然后把罐子放在杯垫上。

洛根家的厨房中央也有个料理台，但是和纳尔逊·托马斯家的很不一样。洛根家的料理台镶着大理石，擦得锃亮。洛根家的这幢房子也不止一层：橡木楼梯向上通往二楼，铺着地毯的楼梯向下连着地下室。这里有足够的空间，可以呼吸，可以活动，可以存在。

伯德倚在那别致的料理台上，正对面有两把高脚凳。

“昨天的事，实在是出乎意料呀。”她说。

不知什么地方响起了钟表的嘀嗒声。

伯德以前没注意过。

这个星球从未如此安静。

嘀嗒。

嘀嗒。

嘀嗒。

她挺直身子，走进了与厨房相连的餐厅。

她在上次坐过的那把椅子上坐了下来。

嘀嗒。

嘀嗒。

嘀嗒。

她在这儿坐了多久？她不太确定。不过，她肯定没有挪动过——像静止似的，一动不动——因为有东西从她的视野里掠过时，她一下子就认出来了。她连脑袋都没动，只动了动眼睛。

是他。

契科夫。

他很苗条。大部分皮毛是油亮的黑色，只有肚皮是白色的——还有尾巴尖。白色的尾巴尖在他身后摇摆着，懒洋洋的。他谨慎地迈着步子，一只爪子、一只爪子地向前交替着。伯德不敢动。她怕吓着他。

他一看见她就愣住了，停下了。

伯德转动脑袋——慢慢地，非常慢。

契科夫向前走了一步、两步。

他叫了一声。

“过来呀。”伯德轻声道。

他好像听懂了。

他迅速地跑近她，绕着她的小腿，蹭来蹭去。

他又喵喵喵地叫了起来，爪子扒在椅子边上。伯德把他抱了起来。他没有挣扎。他用鼻子蹭她，喉咙里咕噜咕噜的。

她抚摸着他的背。

她把脸扎进了他的皮毛间。

“他们没有成功。”她说。

不知道什么时候，伯德躺在沙发上睡着了。等她醒来时，契科夫已经不见踪影。有那么一瞬间，她想不起这是什么地方了。她闻着抱枕的清新香气。她望着头顶上洁白的天花板。她转而去看壁炉架，看见时钟不紧不慢地走着。

她想起来了。

已经过了中午，她睡了好久，睡得浑身酸痛。

她坐起来，伸了个懒腰，打了个哈欠。

她叫着契科夫的名字，但他没有出现。

她喝光了汽水，小心翼翼地把易拉罐扔进了垃圾桶。

她打开电视。电视里正播着《我们的日子》。这让她想到了妈妈。

她很想知道，洛根太太看不看这种肥皂剧。

她想待在这儿。在这沙发上。永永远远地待在这儿。

她希望洛根一家回来时，发现她在，也不会大惊小怪。她希望他们说："来吧，来看看你的房间。"他们会一起做晚饭，一起围坐在餐桌边，为她的奇思妙想干杯——不管那有多离奇。等大家放下杯子，她就要问问："为素不相识的人哭，可以吗？"他们会安慰她。他们会听她说——真真正正地倾听，一个字一个字地倾听。他们会陪坐在她的两边，什么都不做——没有大呼小叫，没有离谱的问题，只有感同身受。

她希望自己是另一个家庭的一员。

她希望自己是这个家庭的一员。

这是个不太好的念头。

但她就是这么想的。

1986年1月29日，星期三

当天夜里

伯德：对不起。

伯德：

伯德：

伯德：

伯德：

伯德：

伯德：

伯德：

伯德：

伯德：

1986年1月30日，星期四

第一节课

芬奇从来没想过什么“家是机器”。他和伯德的思维方式不一样。每当提起“家”，他想到的是声音。爸爸妈妈的争吵声。录音机里的音乐声。电视机里的篮球赛声。哥哥和爸爸的兴奋叫喊声——他从不参与，他对体育不感兴趣。还会想到妈妈：失望的声音，发火的声音，叹气的声音。

在他的联想里，从来没有伯德。

他从来没有正儿八经地想起过她。

但现在，不是了。

伯德今天又没去学校。萨隆加老师只缓了一天就照常上课了，但伯德仍然含糊其辞地说身体不舒服，爸爸妈妈也没再追问。

他以前从来没有留意过，房子里的声音是如何影响人的。这声音也包括伯德的沉默。她不吵不闹，可渐渐地，这份安静反而成了家里最响亮的存在。昨天晚上，他敲了妹妹的屋门，问她好不好。后来，卡什也不经意地问她有没有画新图纸。那时，芬奇突然意识到，从来没有人认真了解过伯德的那些图纸。她什么也没回答就回屋去了，都不知道她有没有听见哥哥的话。

芬奇翻来覆去地想着这些时，萨隆加老师开始上课了。

她的眼睛里仍然满是憔悴。

铃声响起时，她站在讲台前，倚着桌子，环视所有学生，又好像谁也没看。她两手交握，抵着下巴，然后又垂下了。

“同学们，”她开口了，“我想谈谈星期二发生的事。我们花了整整一个月的时间来期待这次发射，但是……唔，大家都看到了，发射未能按计划完成。”她深吸一口气。“你们知道，‘挑战者号’对我意义重大。对你们来说，想必也不是无关紧要的。尽管有很多人不愿意承认，但我相信你们正体味着复杂的情绪。我自己就是如此。最主要的就是，悲伤、困惑。我想知道到底哪里出了错，为什么会出错。我想得最多的是那些宇航员。他们失去的机会，我们也失去了。很多人觉得生气，因为一切都白干了。他们说应该叫停太空计划，免得损失更多金钱和生命。这也让我很忧心。”她顿了顿。“上个星期，我要求各组想出五个继续太空探索的理由。有的同学很是纠结，也有很多同学抱怨说一个也想不出来。你们提出疑问——那一天，以及其他的日子——意义到底是什么呢，萨隆加老师？地球只是浩瀚宇宙中的一颗渺小行星。我们怎么知道地球之外有什么？宇宙太大了，太广阔了……现在，我来给你们一个答案——”

第二节课

“其实非常简单，真的。想知道地球之外有什么，只有一个办法，那就是，到地球之外去。是的，我们很渺小。是的，总有我们理解不了的东西。但‘渺小’并不等于‘不重要’。不要误用‘大小’来判别‘力量’。”

萨隆加老师在教室前面走来走去，仿佛她的思绪正飘浮在空中，得赶上去抓下来。

有的学生只要一听到长篇大论就很不耐烦，他们表现得漫不经心，装出不在乎的样子。但卡什在乎。在这一刻，他非常非常在乎。

星期二之后，家里就有些不对劲了。纳尔逊·托马斯家的房子里有一种气氛。说实在的，每座房子里都有它自己的氛围，但眼下这种很不对劲。一开始，卡什以为别的地方也是这样，好像这场悲剧给所有小区都笼上了超越现实的忧郁。可是，别的地方不是这样。学校里的走廊一如既往。贾斯汀和肯尼也还是那副德行。似乎人人都是老样子。

昨天晚上，他盯着J博士的海报，琢磨着J博士是不是也目睹了爆炸，又会想些什么。卡什突然意识到，房子里的气氛是伯德造成的。不是故意的。但就是这么个结果。伯德是家里脾气最好的一个，像块岿然不动的大石头。她不会像芬奇那样突然发火，不会像爸爸妈妈那样突然吵起来，她也不会摔断骨头、考砸留级。她就是伯德。

卡什想起了伯德帮他计算暑假有几天的那个晚上。

他想起自己摔伤手腕后，她主动提出要帮他领作业。

他想起她硬要跟到X光室，问了一百万个问题。

他还想起了好多别的事。

那些他完全不懂的图纸。还有一次，她本想聊聊太空的事，可他却被恶魔王木乃伊冻住了。

他想：她现在在干什么呢？

“你们知道吗？移走一粒沙子，可以改变整座沙滩。一粒沙子。和宇宙相比，地球或许微不足道，但它的影响力并不因此就优于或逊于太阳、月亮。”萨隆加老师走回讲台前，倚着桌子的一角，“沙子不动，沙滩就无从改变。我们每一个人的每一天，都应该有一点点改变。成为更好的探险家。成为更好的老师和学生。成为更好的人。只要进步一点点。”她停了一下，直接望向卡什——不过，这也可能是卡什想象出来的。她说：“登上‘挑战者号’的宇航员，历经数月严格的训练，是我们国家最优秀的探险家。尽管有风险，尽管无法避免最坏的情况，他们仍然没有退缩。我们应该为自己、为他人、为世界献上我们最好的东西。我认识的一位睿智之士曾这样说：宇宙在等待。我们还有什么好踟蹰的呢？”

明亮的星

在付费电话那儿寻找别人遗忘的硬币，是芬奇和弗恩的老把戏。去往“老厅”的路上，他们当中准有一人会离开人行道，径直走向加油站旁边脏兮兮的公用电话。他们会迅速地检查退币口——通常都是无功而返——然后继续往前走。

今天跑过来的是芬奇。

今天检查退币口的是芬奇。

今天他摸到了硬币。

指尖拂过锯齿状凸起的边缘，触感很熟悉。

他听见硬币落下的叮当声。

仿佛他找到的是金子。

十亿分之一

伯德把她画的那些结构图都找出来了。她把它们拢成一堆，抱在胸前，然后从书桌旁边站起，走进了厨房。

她没想到已经画了这么多。把它们堆在一起的时候，骄傲就像电流似的传遍了全身。她连忙把它摁住了。她把她的骄傲塞在钢制压纸机底下，一直压，一直压，压到它变得扁平，最终烟消云散。

这压纸机，又名“现实”。

她很普通。

她只是个普通女孩。

她只是个生活在特拉华州帕克镇的普通女孩。

机器不值得研究。

机器非常危险。

她永远也不会成为宇航员。

其实，她就根本不该有这种妄想。

宇航员们死了。

白死了——因为，意义到底是什么呢？

她只是人类的十亿分之一，漂浮在浩瀚宇宙之中，如此渺小，如此无谓。

1986年1月30日，星期四

全新的卡什

跑步运动员需要健康的饮食。当然，所有运动员都是如此。只是，卡什有很久都不把自己当作运动员了。但今天呢？今天，他参加跑步训练了，所以放学回家后——家里没别人，只有伯德——他就用盘子盛了两个橙子、一个香蕉，放在料理台上，享用起来。没有垃圾食品。这将是新生活的开始。跑步运动员的生活。他几乎能感觉到风扑在脸上。他沉浸在幻想之中，都忘了要吃面前的水果。但转瞬之间，他已经站在那儿，腹中满满，只留下一堆果皮。打着石膏剥果皮很费劲，可他硬是搞定了。坚持不懈，这就是全新的卡什。

他想用一只手把所有果皮扔进垃圾桶，但还是有几块任性地掉在了地上。他嘀咕了几句，掀开垃圾桶盖，把果皮往里面丢。

他立刻就觉得不对劲了。

垃圾桶里塞了一大叠纸。

他把果皮往旁边拨了拨，但他已经知道那是什么了。他认得伯德的笔迹。他看见铅笔画的线条，还有指向这边、那边的箭头。他捡起了刚才扔掉的果皮，一块又一块——像奇怪的倒放——很快，所有的果皮又回到了他手里。

她并不是只扔掉了一张。

是整整一大沓。

通常他不会对垃圾桶里的东西动恻隐之心，可今天没有犹豫。他把果皮丢进水池——挨骂的事以后再说——然后把图纸从垃圾桶里拽了出来。有的纸页边缘已经湿了。有的溅上了咖啡渍。不过大部分都还是完好的。也许，它们在垃圾桶里没待太久。他小心翼翼地用左胳膊夹着那沓纸，然后穿过过道，敲响了伯德的屋门。

“怎么？”她应道。声音不像她自己，倒像芬奇。

卡什又怕弄掉图纸又要开门，很是费了一番力气，不过还是成功了。

伯德坐在地上，腿上放着爸爸的旧随身听，脖子上挂着耳机。卡什不知道随身听里有没有磁带。

“我在垃圾桶里发现了这个。”卡什说。

“怎么了？”

“为什么要扔掉？”

“为什么要留着？”

“这都是你的心血呀。”

“我知道啊，是我画的嘛。”

卡什的心怪怪的。它越涨越大，像一只装满水的气球，紧紧地挤压着他的胸膛。

“你怎么了？”卡什问。

“没事啊，”伯德说，“只是对那些愚蠢的图纸没兴趣了。画那个完全是浪费时间。”

卡什顿了顿：“是因为‘挑战者号’吗？”

“关你什么事？”伯德继续摆弄起随身听来。

“萨隆加老师今天提起这事了。她说了很多。她说我们应该尽力做好自己的事，因为宇航员们也……”

“也拼尽全力了，是吧？”

“她还说了关于沙子的事，非常有道理。唔，我们都是沙粒，虽然很小，就像宇宙中的地球。嗯，反正，大小不等于有没有力量。”

“哇哦，”伯德说，“真动人。”

卡什叹了口气："我说得不好。"

"无所谓啊，"伯德说，"反正，我不想要那些图纸了，你把它们扔回垃圾桶吧。"

她不想听他再说些什么了。

她戴上耳机，转过了身子。

1986 年 1 月 31 日，星期五

最稳定的机器

伯德对萨隆加老师的讲话很好奇——她忍不住。老师都说什么了？她提到朱迪斯·雷斯尼克了吗？她的原话到底是怎么讲的呢——但她把自己的好奇心也压到了压纸机底下。她最想知道的其实是，萨隆加老师是否认为，人们应该终止对太空的探索。

不，那不可能。

唔，对于萨隆加老师来说是不可能的。但对于伯德来说，就未必了。

伯德已经回到现实了。在这个全新的宇宙，什么都不重要了。朱迪斯·雷斯尼克和其他宇航员不在了，他们没能进入太空。NASA设计、研究、建造了那些机器，而机器背叛了他们。

伯德花了一整天的时间来勾勒、塑造新的信仰。星期一到来时，她将是一个完全不同的人。傻乎乎的结构图，首位女性航天飞机指令长……她不会再为这些事费心了。她要把所有的精力都放在真正重要的事上。或许，她会像杰西卡那样，往眼皮上涂抹蓝色眼影，然后好好想想，自己到底该做些什么。

她再也不提什么科技词汇了。不跟萨隆加老师提，也不跟德文特提。丹妮问她好不好，她也把话题岔开。一方面是因为她感到了超然的负罪感，毕竟严格来说，偷偷溜进人家家里，是违法的——*但这就是全新的我*，她告诉自己，*全新的、现实的我*——另一方面是因为，她不想谈论自己好不好。

她是这样计划的：

深入自己的头脑。

重建自己的思想。

确认安全了再出现——就像契科夫那样。

再出现时，世界就是更安全的新世界了。

更安全，是因为她不再抱有期待。

没有期待，就不会失望。

她不再对自己抱有期待，也不再对别人抱有期待。

有没有成为航天飞机指令长什么的，又有什么要紧呢？反正也没人在意。

进行一些心理训练就好，没什么大不了的。

她把这个逻辑放在思维的显微镜下仔细观察，没有找到任何缺陷。

如果不曾期待发射，就用不着躲进洗手间里难过了。

如果不曾期待成为宇航员，心愿实现与否就无所谓了。

瞧瞧，“期待”把我害成什么样了，回家的路上，她这么想着，闯到别人家里乱逛，像个疯子。

她把外套搭上挂钩，把书包扔到一边，想道：我想成为别人家的一员，可现实是，这才是我的家。家是不会变的。你不能依赖家，正如你不能依赖机器。

她走进自己的房间，坐在地上：家，是最最稳定的机器。

卡什说得对。哦，是萨隆加老师说得对。管他是谁呢。

我们都只是沙粒啊。

心理训练让伯德精疲力竭，让她沉沉睡去。很沉，很实。她梦见自己坐在沙滩上，身边就是朱迪斯。朱迪斯还穿着那身宇航服呢。

“晚安，伯德。”朱迪斯说。她脸上有个酒窝，伯德也是。

“天还没黑呢。”伯德说。

“是啊。”朱迪斯说。

她们放眼望去，没有看到水面。目力所及之处，只有沙子。一阵微风吹过，伯德觉得脸颊有点痒。

“伯德？”朱迪斯说，她的嘴都没动。

伯德没有回答。

“伯德？”朱迪斯又说。

伯德想把沙粒拂开，可沙粒却弄得她发痒。

“伯德？”

伯德的眼睛动了动。她觉得眼皮很沉。

“伯德？”

啊，那不是朱迪斯。

是芬奇。

这也不是沙子。

是她自己的一绺头发，正在脸颊上拂来拂去。

伯德睁开眼睛。

原来，她躺在地上睡着了，身上还穿着校服。芬奇跪在旁边，脸上的神情出奇的柔和。

她是不是还在做梦？

“晚饭好了。”芬奇说，他的胳膊上搭着她的外套，“快来。”

她在梦里吗？

她眨眨眼睛，眨了又眨。

她坐起来，觉得自己好像睡了一百年。那个梦如此真实，她的手上还残留着沙子的触感。

可是，那不是真的。她不是和朱迪斯坐在沙滩上。

她在自己的家里。

还是那幢房子。还是原来的日子。还是不变的家人。

“爸爸点了比萨。”芬奇说着，拿起她的外套——他自己也穿了外套，“穿上。”

“为什么？”

“穿上嘛。”

她只好照做。她跟在哥哥身后，打着哈欠，脑袋发沉。她一点儿都不饿，真的。她也不想吃比萨。可比萨已经送到了，就放在厨房里。

托马斯先生坐在客厅里，边吃边看《霹雳游侠》。

托马斯太太坐在料理台边，吃着沙拉，看着书。

他们俩都没有抬头看一眼。

卡什站在餐桌和滑动玻璃门之间。他也穿了外套，一只胳膊抱着一卷纸巾，另一只胳膊夹着一本活页夹。

芬奇把比萨盒盖好，端了起来。

“这是要干什么？”伯德问。地板硌得她肩膀生疼。

“我们去后院吃。”芬奇对伯德说。然后他放大声音，对爸爸妈妈又说了一遍。卡什拉开了玻璃门。

冷风灌进了温暖的屋子里。

“为什么？”托马斯太太问。

“不为什么。”卡什说。

伯德跟着哥哥们走了出去，反手关上了玻璃门。

今天就算了

卡什：这应该怎么做呢？

芬奇：什么怎么做？

卡什：一起吃晚饭啊。

芬奇：我也不知道。伯德才是专家。

伯德：这不是桌子，只是张毯子啊。我们坐在外面，冷飕飕的。

卡什：席地而坐嘛。

芬奇：你不想吃吗，伯德？

伯德：我也不知道。我不饿……那个黑色的活页夹里是什么？

卡什：这个？噢，给你。我不想让封面沾上油。

伯德：……

卡什：感觉怎么样？

伯德：为什么要这样呢？

卡什：我没法儿把它扔回垃圾桶。很不对劲啊。有几张脏了，有几张皱了，但大部分都还好好的。你还是想留着它的，对吧？

伯德：可能吧。

芬奇：可能？

伯德：唔，我在想，成为航天飞机指令长这种梦想，是不是太傻了。

卡什：你怎么会这么想啊？因为“挑战者号”失事吗？别因为这个就害怕啊。

伯德：我不害怕。我只是觉得，这些没有意义。我说不清。我只是个生活在特拉华州帕克镇的普通女孩。

卡什：人人都有老家嘛。

芬奇：朱迪斯·雷斯尼克的老家是俄亥俄州的亚克朗。那也不是什么繁华大都市啊。至少我是这么认为的。

伯德：你怎么知道朱迪斯·雷斯尼克的老家？

芬奇：可能是新闻里说过吧。偶然听到，就记住了。

伯德：等一下，你们俩这是哪一出啊？把我画的图纸放在活页夹里，大冬天跑到外面来野餐——这是，唔，是因为你们俩可怜我吗？

芬奇：你总说一起吃晚饭什么的，所以我们俩就想，好啊，那就来试试啊。

伯德：我没有总说。怜悯的晚饭，还是算了吧。

卡什：他不是那个意思。

芬奇：你不想吃吗，伯德？

伯德：再说，这也不叫一家人共进晚餐啊。有一半家庭成员都在屋里面。

卡什：这正是席地而坐的最大优点，不管多冷都能坐。

芬奇：他们只会毁掉这顿饭。

卡什：以后再邀请他们一起吃晚饭吧。

芬奇：那今天就算了。

卡什：今天就算了。

伯德：今天就算了。

1986年2月1日，星期六

魔法

芬奇捡到了硬币，感到前景大好。脚下的世界变了，但他不确定是怎么变的、什么时候变的。拧紧的螺栓没有消失，但他可以随之挪动，也可以把它们松开。他走向“老厅”，打算倾注所有的积极能量，打败瓦克斯帝国。他运气不错：游戏厅里几乎没人。

那枚硬币像有魔法似的，闪闪发光，崭新崭新的。印戳上的发行年份是1985年。他把它捧在掌心，仔细地端详了一会儿，然后凑近了投币口。正要投下去的时候，芬奇瞥见了一张熟悉的面孔：小马。他坐在投篮游戏前面，但是没有动它。机器根本就没启动，所有的球都在托板里。他摆弄着一个溜溜球，玩儿得也不太好。芬奇看着他把溜溜球抛下去，卷起来，再抛下去，再卷起来……几次失败之后，他推了推眼镜，心不在焉地干坐着，溜溜球在两只手之间扔来扔去。

你连投篮都投不进去，还想玩儿这个？省省吧，玛莎！

芬奇想起了自己说过的话，那种浓雾笼罩的感觉就又冒出来了。

他不想陷在这感觉里。沉重。紧绷。

他心里想道：玩你自己的游戏啊，管那个小屁孩干吗？他不会玩，又怪不得别人。瓦克斯帝国等着你呢。

可他的脚却不听使唤，一步一步地向前走去。

小马抬起头，看见是芬奇来了。他的眼镜已经快滑到鼻尖上了。

芬奇把硬币拿给他看。

“你玩过弹子游戏机吗？”芬奇问。

伯德的论文

伯德的论文

总有一天，我会成为美国第一位女性航天飞机指令长。“挑战者号”发射，就是我作为宇航员的首次真实体验。

当然，我并不是宇航员。现在还不是。但是我每一堂课都听得很认真，可能全世界都没有比我更兴奋的人了——唔，或许也有，他们就是：克里斯塔·麦考夫、朱迪斯·雷斯尼克、弗朗西斯·斯科比、罗纳德·麦克奈尔、鬼冢承次、格里高利·杰维斯、迈克尔·J. 史密斯。（看，所有人的名字我都记得一清二楚！）虽然我不能随他们一起飞上太空，去观测哈雷彗星，但至少我可以时时关注，时时欢呼。我不想错过一丝一毫。

有时我仰望夜空，看着漫天的星星，头脑就会转个不停。那里有太多东西值得我们探索。宇宙广袤，谁知道它究竟是什么样呢？或许，在银河的另一边，也有人抬头看着天空，就像我一样。或许，他们望着星空中的亮点，诚心许愿，而那个亮点，就是地球——他们其实是在对着我许愿呢！

找到答案的唯一方法，就是亲身前往，一探究竟。或许很可怕。也可能什么都找不到。我知道，这需要投入很多金钱，但这是值得的。我们不能沉溺于简单轻松，否则一切发现都无从谈起。

每当我凝视天空，那无边的宇宙就仿佛在召唤我前往。它向我发来了一封太空电报，上面写着：我们在等你，伯德。

你能想象吗？宇宙在等待。哪怕我只是一粒细沙，它也在等我。

我准备好了。

“挑战者号”航天飞机发射事故

1986 年 1 月 28 日，“挑战者号”航天飞机在大西洋上空解体。事故是由固体火箭助推器（SRB）的 O 形环失效引起的。O 形环是为防止燃烧的气体从 SRB 中泄漏而设计的，但由于当时天气寒冷，O 形环失去了密封效果。航天飞机上升时，火焰和黑烟滚滚冒出，随后外部燃料舱脱落。发射升空 73 秒钟后，“挑战者号”爆炸解体。

其实，当天观看发射转播的人并不多。大部分成年人都在上班，社交媒体尚不存在，有线新闻还是新生事物。但有一个不幸的例外，那就是学校里的学生。NASA 安排了卫星广播，这样学生们就能通过学校的电视，看到第一位太空教师克里斯塔·麦考夫的英姿。

克里斯塔·麦考夫来自新罕布什尔州康科德市，是一位社会学教师，从 1.1 万名申请者中脱颖而出，登上了“挑战者号”。此次失事共有七人罹难，除麦考夫外还有：航天飞机指令长弗朗西斯·R. 斯科比，他曾是一名战斗机飞行员，小时候就在房间里摆满了飞机模型；驾驶员迈克尔·J. 史密斯，他曾在美国海军服役，得过不少奖章，对太空兴趣满满；任务专家罗纳德·麦克奈尔是一位物理家，业余爱好是演奏萨克斯管；任务专家鬼冢承次是一名鹰级童子军，很喜欢请大家吃家乡的特产夏威夷坚果；载荷专家格里高利·杰维斯本职是电气工程师，之前两次任务都没能入选，他也和史密斯一样，对首次太空体验颇为焦虑；最后，当然，还有朱迪斯·雷斯尼克。

朱迪斯·雷斯尼克小时候与父亲很亲近。父亲曾教她修理电子设备，制造简单的机器。朱迪斯·雷斯尼克很聪明，成绩优异，但也和其他同龄人一样，爱读“神探南茜”，常为自来卷纠结，有两个亲密好友——芭芭拉和帕姆。

然而，在许多方面，她又与同龄人不同。十几岁时，朱迪斯·雷斯尼克就已经能娴熟地弹奏古典钢琴曲目，并在科学和数学领域游刃有余。在俄亥俄州阿克伦市的费尔斯通高中 1966 年的纪念册上，有一张数学俱乐部的照片，15 名成员中有 14 名都是男生，仅有的一名女生就是朱迪斯。她是优秀毕业生代表，后来就读于马里兰大学，获得了电气工程博士学位。

朱迪斯·雷斯尼克很早就吸引了媒体的注意，因为她是 NASA 首批女性航天员之一。尽管不喜欢成为焦点，但她很有风度，谦和亲切。

1981 年 4 月，记者汤姆·布罗考在《今日秀》中采访朱迪斯·雷斯尼克，他问：“成为宇航员最大的好处是什么？”

“一切都好。”朱迪斯答道。

布罗考还问她，身边的人——尤其是男性——会不会因她是一名女性宇航员而感到威胁。

“有那种感觉的人，可能并不是我的朋友。”她说。

“挑战者号”任务是朱迪斯·雷斯尼克的第二次太空之旅。她曾于 1984 年 8 月 30 日作为任务专家参与了“发现号”航天飞机的首航。“发现号”进入轨道后，她的声音通过无线电传回了地球。

“地球真美。”她说。

她还在机舱里的闭路电视前举起一张纸条，上面是她亲手写下的：

“嗨，爸爸。”

毕业于斯坦福大学，空军上校出身，艾琳·柯林斯于 1999 年成为美国首位女性航天飞机指令长。像伯德一样，艾琳·柯林斯从小就立志成为宇航员，但她没有告诉别人，因为这个梦想看起来是那么遥不可及——在那个年代，NASA 根本不允许女性参与项目。虽然秘而不宣，但这不代表艾琳·柯林斯放弃了梦想。她加入了空军，是首批接受飞行员训练的女性之一。基地有 450 名飞行员，其中的女性只有 4 名。

1991 年，艾琳·柯林斯终于成为一名宇航员。她曾任指令长或驾驶员，参与过四次航天任务，工作到 2006 年才退役。

接受《时代周刊》采访时，艾琳·柯林斯说：

“我一向鼓励别人接受挑战，哪怕困难重重，哪怕可能失败。拥抱挑战吧，挑战令人兴奋；帮助他人吧，助人令人愉悦。”

1999年，艾琳·柯林斯成为“哥伦比亚号”航天飞机指令长——那时，伯德25岁，说不定，她已经获得了工程学的高级学位。